失樂園
PARADISE LOST

我不愿让你一个人

JE NE VEUX PAS QUE TU SOIS SEULE

程一 作品
CHENG YI

长江出版传媒 长江文艺出版社

目 录
CONTENTS

PART 01 我的声音

致未来的你的一封情书 ...2

爱人的香气 ...10

不想忘记你 ...27

不要隔着屏幕说分手 ...45

你离开后,我活成了你的模样 ...62

我的程一爸爸 ...84

恶魔与天使 ...95

关于声音的记忆 ...113

再见,你好 ...127

望归来时,我仍是你的白衣少年 ...144

PART
02 你的故事

我是你的久别重逢，

你是我的朱砂痣 ...164

八月桃 ...183

多想我的未来里有你 ...202

我胸小脾气大，你喜欢我干吗 ...214

追不到的梦，换个梦不就得了 ...232

PART
01

我的声音

致未来的你的一封情书

嘿,你好吗?

我是程一,路程的程,一二三四的一。

我常常幻想和你的见面,会是在午后静谧的咖啡厅,抑或是人潮拥挤的分享会。我遇见你,然后对你一见倾心。

也谈过几段无疾而终的恋情,希望你不会介意。

和你在一起的每一天一定都是好天气。

人前我是戴着面具的程一，在你面前，会是只属于你一个人的程一。

卸下面具，我就是那个为你读睡前故事的普通男人。

戒指已经买好了，就等你点头。

我会每天为你做不一样的早餐，然后喊睡梦中的懒猪起床："宝贝儿，还在睡呀？快起床吧，我为你准备了你喜欢的早餐：豆浆，油条，小笼包……还不醒呀？那还有牛奶，面包，三明治……你喜欢哪个，嗯？"

抑或是，你更喜欢我一些？

"那我把自己送给你？"

你不用担心上班会迟到，因为我一定会准时把你送到公司，然后等着你下班来接你。

我也是一个很好养活的人，你不必刻意记着我们的纪念日，忘记了我也不会生气，因为我都记得。和你在一起的第一

致未来的你的一封情书

天，第一百天，第一个年头……我都会安排好惊喜，让你觉得和我在一起，你是天底下最幸福的女人。

宠老婆、听老婆的话是荣幸，也是一件值得骄傲的事情，我一直这么觉得。

可能你会有失眠的时候，没关系，我会抱着你，在你耳边轻轻地哼着你喜欢的歌，或者说着你喜欢的情话，只说给你一个人听的情话。你放心，我只属于你一个人。

可能我们也会吵架，但只要让我一个人待会儿，冷静了，就回过头来哄你，台阶给你下，银行卡给你刷，只要你能消气，怎么样都可以。我只希望你开心。

如果你喜欢购物，我就陪你去购物，给你拎包。

买多少没关系，都算我账上，给你买你喜欢的钻石项链，看上的红底高跟鞋，最好能把咱们家的衣帽间堆满。我会偷偷买你喜欢的品牌的唇膏，整套送你，不至于让你犯选择恐惧症。

如果你是个小吃货，那再好不过了。我们一起去吃路边摊，坐在马路边上，看华灯初上，车水马龙，吃麻辣小龙虾。还

我不需要你倾国倾城，
也不需要你百依百顺，
只要你喜欢我就好了。

致未来的你的一封情书

可以去我去过的西餐厅,点你喜欢的牛排,喝一杯红酒。当然,要是你喜欢吃火锅,那再好不过了,我再也不用一个人去吃火锅,也不用害怕吃不完,让老板娘笑话说"吃不了兜着走"。

我不需要你倾国倾城,也不需要你百依百顺,只要你喜欢我就好了。

剩下的,留给我考虑。

怎样把你我,变成我们,怎么把你家,变成我们家。

只是,我们先约定好,看帅哥可以,但看过了帅哥,就要多看我两眼。对于感情,我总是很小气的,也很容易吃醋。吃醋了,你得哄哄我,不然醋坛子打翻了,酸不死你。

我的数学不大好,要是你数学也不大好,出门记得带个计算器。

但是出门一定牵好我的手,你走丢了,我会很着急。

我们一定要一年去一个陌生的地方旅游,感受那儿的风土人情,享受我们的二人世界。走累了,我来背你,旁人的目光有什么可在意的。

横竖人生这条路，我只想背着你脚不沾地地走一辈子。

宝贝儿，你得对我有信心，我能做到的。

对了，你也不用刻意减肥。

要胖我们一起胖，我能想到最幸福的事情，就是和你一起慢慢变胖。

身材走样没关系，我不嫌弃你，你只管吃得饱饱的，今天海底捞，明天杨枝甘露，想吃什么都随你。我会做很多的菜，你想吃什么，我做给你吃。

但你不能嫌弃我唠叨。

你知道的，我总是为你好的。

在我面前，你做自己就好。用不着出门前洗头，化妆不化妆全看你心情，反正在我心中，你就是最美的。

金庸老先生说："喜欢吧，看一眼如此，过一辈子也如此。"

喜欢你，一定是从第一眼开始就喜欢你，然后一辈子也喜欢你。

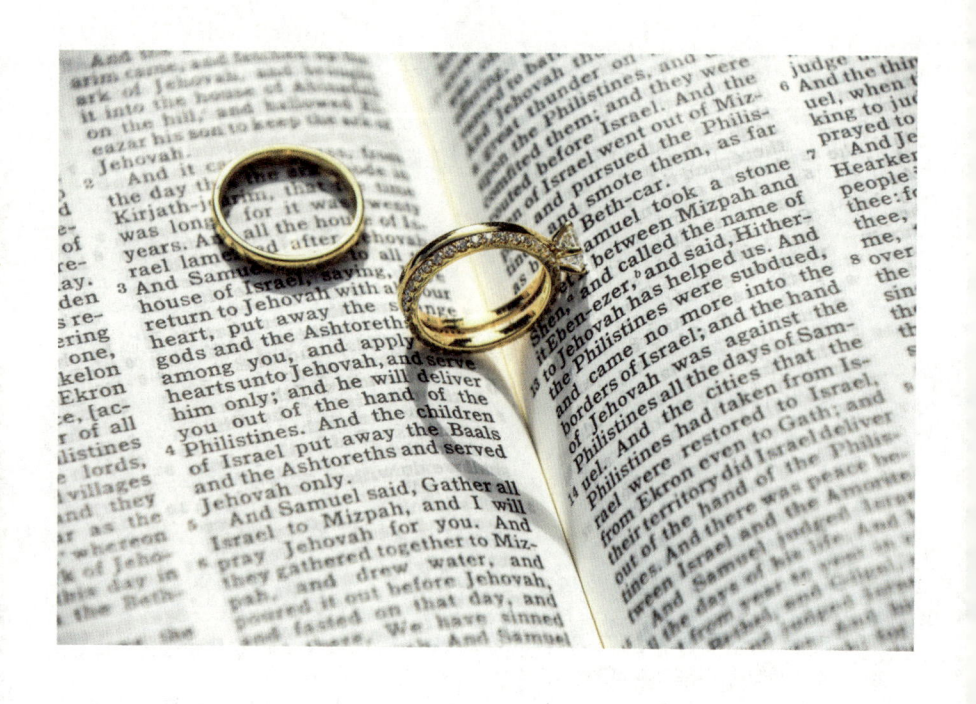

这是我第一次写情书,
难免有点难为情,如果你也看到,
就请你给我回一封信,好让我知道,
茫茫人海,你在哪里。

我的感情就这么多，不愿与人分享，往后的路，只想同你一个人走。

所以，亲爱的姑娘，请你快些出现吧。

倘若你出现，我一定一眼认定就是你，然后对你穷追不舍，直到你从陌生人，变成女朋友，女朋友变成我的老婆。以我之姓，冠你之名。

要是把人生分为两个阶段，遇见你之前，就是我的前半生，而余生，我只想与你共度。

这是我第一次写情书，难免有点难为情，如果你也看到，就请你给我回一封信，好让我知道，茫茫人海，你在哪里。

哪怕跨过千山万水，披荆斩棘，我也一定能找到你。

你的程先生
2017.05.20

爱人的香气

很多人问我,程一,你是一个怎么样的人?

我想了很多,自由、神秘、随性、开朗向上,抑或是,孤独、沉默、偏执、孤注一掷……如此种种,皆是我心。

总而言之就是,我是一个很天蝎座的人。

我曾经在微博里写道:天蝎座就是不懂得怎么委曲求全,一份不舒适的感情，怎么都不会去挽留，会觉得放手比强求更合适。

当然如此，我一直相信一句话——得之我幸，失之我命。

人与人之间的缘分是上辈子就注定的。

曾听过这样一个故事：

从前有一位书生，他有一位如花似玉的未婚妻，他们约定在某年某月的某一天结婚，结果这位未婚妻，却在结婚前夕嫁给了另外一个男子。

书生很痛苦，郁结于心，百思不得其解，恰巧碰见了一位云游四方的僧人。僧人听说了他的故事，笑着摇头，从怀中掏出一面铜镜给他。书生见那铜镜中，荒芜的海滩上躺着一具女尸，正是他的未婚妻。第一个男人路过，只是摇摇头，叹息了片刻便走了。第二个男人发现了她，脱去了自己的外衣，披在她身上，随后离去。只有第三个男人，停下了自己的脚步，替可怜的女人挖了一个坑，小心翼翼地将她埋葬。

书生看完一脸茫然。僧人收回铜镜，笑着说："你就是第二个男人，你的未婚妻与你相伴走你人生的一程，是她还你前

所谓成熟，大概就是知道有的东西，
你不用刻意去争抢，也会到你身边。

世一件衣服的恩情,而与她结婚的那个男人,上辈子亲手将她埋葬。"

书生顿悟。

所以徐志摩才会对陆小曼说:"我将于茫茫人海中访我唯一灵魂的伴侣。得之,我幸;不得,我命。如此而已。"

如今的我,不是一个会挽留的人。于我而言,所谓成熟,大概就是知道有的东西,你不用刻意去争抢,也会到你身边。追名逐利的人生太难,一如追求一个不喜欢你的人一般,只会让自己遍体鳞伤。大概是喝着黄河水长大的孩子,骨子里总有些傲气,又或许因此忘了回头,而错过了一些美好的姻缘。

当年《一代宗师》上映的时候,我去看了两次。

章子怡对梁朝伟说:"叶先生,做人不能只有眼前路,没有身后身。"

后来梁朝伟扮演的叶问只身去了香港,妻子于大陆病逝,叶问忽然明白,自己再也没有身后身。走过了这么远的路,那些过往,再也回不去了。

_ 爱人的香气

我一直等到片尾曲放完才走出影院,身边有的观众因为剧情节奏缓慢呼呼大睡,我却一个人思绪万千,二十多年的人生说长不长,说短不短,回忆却已经有那样多,排山倒海地来,压得我几乎喘不过气。

其实,我和叶问一样,有许多放不下的东西。只是我知道,回忆里的人是不能去见的。曾经的恋人亦然,说不上年少时分开是不是不欢而散,但总感觉保留一份美好甚好。内心永远有一席之地是留给回忆的。而不去见,也是对未来下一任的尊敬与忠诚。

我是等闲不会回头的人。

熟悉我的朋友都知道,我是一个恋旧的人,但却从不因为恋旧止步不前。人生本来就是如此,只有一步步向前,才能探知更多的美好,认识更多的人。我做过地方的电台主播,去过各大城市,在每一个城市留下自己的足迹,这让人觉得骄傲。

也曾在陌生的城市,收到曾经恋人的邮件。

陌生的地方,陌生的酒店,陌生的夜晚,发邮件给我的那人,是最熟悉的陌生人。

这种心情很复杂，也很微妙。

姑娘居然说："嘿！程先生，还记得我吗？"

我正和朋友打电话，朋友调侃我说，其实我只差一个转头，那个人就会回到我身边。

可是，我很清楚，回头的风景未必好，宴无好宴。倘若破镜重圆的镜子有了一道明显的裂痕，最终仍旧是曲终人散罢了。

说没有感动是假的，在孤寂的雪夜，有回忆里的人，认认真真地打了老长的一段话，与我袒露心扉。我看着长长的文字，如同和曾经的自己对话一样。嘿，年轻的程先生，你好吗？

只是最后，等我想好怎么回复的时候，却发现，她已经把我拉黑了。

或许也和我一样，是个恋旧，却不肯停留的人吧。

尽管最终的结果并不让人满意，但也希望彼此都能好好过。

我将于茫茫人海中访我唯一灵魂的伴侣。
得之,我幸;不得,我命。
如此而已。

我会找到合适的伴侣，享受我的声音，陪我一起走进电影院，我做饭给她吃，她负责饭后洗碗。

她也会找到合适她的人。

其实过后不久，我就接到了她闺密的电话，随之快递而来的是一封大红色的结婚请柬。拿到请柬的时候不是不感慨，我一个人坐在椅子上，手里拿着请柬想了半晌，最终默默地笑了。没有想象中的怅然若失，如同自己的亲人终于找到了幸福一样，我发自内心无比真诚地祝她幸福，希望她和良人白头偕老。

她闺密在电话里仍然在数落我的不回头，我和她闺密也是旧友了，由着她数落，最后也只有一句——有缘无分。

大概我的偏执把小姑娘气得要炸，说当初要是回头的话，现在这结婚请柬上的名字就该换人了。对，这就是所谓的机缘。我们可能在对的时光里相遇，但彼此的性格导致了离散。怨不得任何人，爱情里没有什么是非对错、黑白分明，有的只是理解与不理解，喜欢与不喜欢。

什么？你问我后来呢？

_ 爱人的香气

后来我终究是没去参加她的婚礼，我知道她将请柬寄给我，总有些赌气的成分——瞧，我现在身边已经有了相伴一生的人，你呢？我托朋友随了份子钱，祝福的心意深藏在心底，就不去凑那个热闹了。

内心里大概还是害怕一些东西。

怕什么呢？怕尴尬，怕那些曾经认识我们的朋友异样的眼神，还是怕一颗心动摇？

都不是。

我只是害怕，害怕看到她脸上的笑容不是那么情真意切。

害怕那样一个曾经让我毫无保留付出的人，最后与我客套地寒暄，仿佛我们只是说过几句话的普通同学，显得疏离客气，那比什么都要让人难受。我一向觉得在人生命中留下足迹，是顶有意义的事情。

比如，现在的程一电台，和当初电台成立的初衷一般，每夜都会温暖你。

很多年以后，你也许会在某个不为人知的深夜，忽然想起我，这就够了。

之前还有一个姑娘，是我朋友。

小姑娘很可爱，平时也挺有主见，只是碰到她的那个男朋友，就成了小白兔。她那个男朋友喜欢看日剧，让她也看，喜欢运动，让她也运动。可她本身是一个喜欢看韩剧看综艺，且不喜欢运动的女生。谈了个恋爱，就像变了个人似的，我都快不认得她了。我们几个朋友都不大看好这段恋情，两方的情感悬殊不对等，男方享受被追求，女方追得很辛苦。

后来果不其然，那个男朋友不满足于她的改造劈腿了，和前任重修旧好。

不是有那么一句玩笑话吗，没有拆不散的情侣，只有不尽力的前任。

前任大概是所有恋人的心腹大患。

姑娘后来才知道，男生只是想要把她变成他喜欢的模样，他前任的模样。多嘲讽啊，辛辛苦苦了这么久，真是良辰美景奈何天，为谁辛苦为谁甜。她努力改变了那么多，最终不过

爱人的香气

是别人家的影子,甚至在男生心里,别说比不比得上人家本人,可能连影子都比不过。

姑娘还一度想要挽回,甚至抛出了豪言壮语:"只要他肯回头,身体出轨,我也能接受。"大概是真的很喜欢吧。

我都不忍心告诉她,其实男人和女人一样,身体出轨和心理出轨是一个道理,真正爱一个人,即便你面前站着天仙,你也能做柳下惠,坐怀不乱,因为你的内心在告诉你,你已心有所属。

虽则如云,匪我思存。

那些人都很好,很美好,却不是我心中的那个。

我看她哭成一个泪人,朋友们都表示无可奈何,姑娘连夜买了火车票去男生所在的城市,看到他和前任卿卿我我,最终才心如死灰地回来。大概每个人都有为爱所迷的时候吧,就像刘若英唱的那首歌《当爱在靠近》一样——

"每一次当爱在靠近,感觉他在清楚地告诉你,他骚动你的心,遮住你的眼睛,却不让你知道去哪里。"

每一次当爱在靠近，
感觉他在清楚地告诉你，
他骚动你的心，遮住你的眼睛，
却不让你知道去哪里。

_ 爱人的香气

总有鬼迷心窍的时候，我懂，姑娘是不撞南墙不回头，那南墙即使撞得再疼，她也得自己去撞上一撞，才能成长。

爱一个人本来就是很卑微的，倘若这个人不爱你，那就更加卑微。

姑娘后来伤心了好一阵，但很快又好起来，照样活力四射。只是我知道，她的某些纯真，已经消失于过往的岁月中，不见踪影了。但那又如何呢，这就是成长的代价。她最终也会明白，那个僧人同书生说的故事。即便最后不能在一起，也只是多了一世的缘分而已。

这一世，总有一个人在未来等着你的。

你要相信。

我从不在公众面前露脸，后来到了签售会，不得不出面的时候，朋友给我出了个主意，让我戴面具。其实没什么特别的原因，就像我曾经说过的那样，我希望比起长相，大家更在意我的声音，说不定哪一天，我走进你在的咖啡厅，点一杯我喜欢的榛果拿铁，你会认出我，然后递给我一份街对面的煎饼果子，让我就着咖啡一起吃。

我会很高兴。

也有很多人问过我的择偶观。

其实单身了很长时间，一直自嘲说自己是只单身狗，并非我挑剔，而是我在等那个对的人。那个人会看穿我的精心伪装，摘下我的面具，在茫茫人海中一眼找到我，拥抱我的灵魂。

她可以不漂亮，不会做饭，不小鸟依人，这些都没有关系。

只要我喜欢的人，也喜欢我。每天缠着我说缠绵的情话，和这样那样的美人吃些无关紧要的飞醋，天南海北与我煲电话粥，这样温暖的小幸福足矣。我可以褪下身上的光环，以一个平平凡凡的男人的身份，让她深爱。

当然，你可以说，红尘浊世，物欲横流，现在哪里有什么人是可以只看你，不看你背景的呢。相亲还要看照片好不好看，车子开什么，房子有几套，工作如何呢。是的，尽管如此，我仍旧在等。

我享受自由，也同时在等待那个，让我情愿放弃自由，只为她驻足停留的人。

她的某些纯真,已经消失于过往的岁月中,
不见踪影了。但那又如何呢,这就是成长的代价。

她不用迁就我的习惯，我也不用刻意为她去更改我的爱好。

彼此不同，又相互吸引的灵魂，才更加让人神往。

戴上面具，我是她的程一。

卸下面具，我是她的程先生。

前些日子去买戒指，还特意买了对戒，其中的女戒，特意挑了一个大钻石的。柜姐问我爱人的戒指号码，我只好说："拿个正常的尺码。"柜姐看我的眼神，至今让我难以忘怀。

朋友笑我说，你这是要去演《仙度瑞拉》啊。

我笑笑，是有点像。只是我不是王子，我只想做未来那个她的骑士。那个她也不是灰姑娘，无论她落魄贫穷，或是富甲一方，她都是我的公主。

其实到了这个年纪，每年都要参加几场好友的婚礼。有时候新人邀请我主持现场，我欣然答应。与他们一起分享喜悦，是我的荣幸。每年过年回家，也总要被家里的长辈旁敲侧击，有没有心仪的对象，隔壁的老李家的儿子结婚了，你表弟媳妇儿上个月生了对龙凤胎，诸如此类。我只能笑着应

— 爱人的香气

付:"在找,在找。"

说白了,还是那句老话,不愿意将就而已。

看着人家牵手,走进婚姻的殿堂,也觉得自己好像有些寂寥,漂泊不定。可这样的想法也只是一闪而过,总不能因为艳羡旁人的幸福,就把自己一生幸福草草了事。

我偶尔也买香水,挑香水,就像在人海中找寻我的爱人一般。有的香水气味让你念念不忘,毫无道理的就是喜欢。而有的香水,即便旁人再如何推荐,如何好,你也难以习惯,以至于直打喷嚏。

爱情和香水一样,一开始就注定了它的独一无二,缘分到了,合适就好。

不想忘记你

我偶尔会去安静的小酒吧，点一杯长岛冰茶，或者几瓶啤酒，听风尘仆仆的驻唱歌手唱伤情的民谣。

酒吧是个很奇怪的地方，墙外是红尘浊世，一墙之隔内的人醉生梦死。酒精在你的血液里作祟，叫嚣着怂恿着唤醒身体里的另外一个灵魂，掀起你记忆的惊涛骇浪。我很少喝醉，一个人坐在某个无人问津的角落，放松白日的疲惫，暂时放空自己，是个不错的减压方式。

酒吧是个很奇怪的地方，
墙外是红尘浊世，
一墙之隔内的人醉生梦死。

陌生的环境,周围都是陌生人在推杯换盏,荼蘼的音乐带着迷幻的错觉,玻璃器皿碰撞的声响不时传来,微醺的时候总会有这样的疑问——我是谁,我又在哪儿?

不得不承认,比起这个环境,我更喜欢观察那些素未谋面、擦肩而过的旅人。

一杯酒,一段故事。

他或她坐在椅子上,点燃了一支寂寥的烟,前一秒的开怀大笑仿佛都是错觉,隔着烟雾垂下眼睑,嘴角边带着的一丝苦笑,像电影的静帧,欲语还休。

有那么句话,夜里不睡的人,白天多多少少总有什么需要逃避掩饰的吧。白昼解不开的结,黑夜里慢慢地耗。躲开剪不断理还乱的现实,投入笙歌长夜的怀抱里,图个慰藉。

有意思的是,我常去的那家小酒吧,有个几乎每天都来的客人。

酒吧的老板与我是旧相识,店面没有开在著名的酒吧一条街上,而是开在某个小巷里。其实位置不大好找,来的人,都是有缘人。老板也不在乎盈利多少,开酒吧纯粹是他的一个个人爱好。酒吧有个很有诗意的名字——朝思暮想。

不想忘记你

酒吧分上下两层,我每次来,都注意到酒吧二楼的小阁楼,有个男生,年龄不大,默默地喝酒。后来他逐渐也带朋友来,只是我确实挺好奇,他天天来"朝思暮想",究竟是什么原因。

只是碍于我也不常与陌生人攀谈,我一直与他无甚交集。

直到某一天的深夜,他带着自己调的鸡尾酒到我面前。

凌晨了,酒吧里只剩下零星的客人在攀谈,他将一杯鸡尾酒搁在我跟前,坐下来:"试一下?"

我后来才知道,他向老板学调酒,那杯鸡尾酒,是他第一次调配。

名字和《摆渡人》里的鸡尾酒一样,叫"see u tomorrow"。

我看着面前的鸡尾酒,粉红色的液体在高脚杯里微微泛着涟漪。他说:"喝过三杯没有倒,我给一千块。"说实在的,我一直觉得自己酒量不错,当真喝了三杯,想着大概也不至于像梁朝伟那样,晕头转向。三碗不过岗,不过是个传说罢了。

结果那一夜,我差点迷醉得找不到回家的路。

过了几天，我重新到店里，看到他，他笑起来，露出整齐的牙齿："我叫阿峰，很高兴认识你。"

阿峰一定是个有故事的人，我想。

"经常在店里看见你，每天都来吗？"

阿峰拿了几瓶啤酒过来，在我对面桌坐下："是啊，天天来。以前不觉得，现在一天不喝酒难受得很。"

我看他年轻得很，询问之下才得知，他是1996年生的，比我小了整整六岁。

不禁感叹岁月不饶人，1996年的小伙子，在我眼里只是个孩子，却已经能够调出让人三杯就倒的鸡尾酒了。

他说，能够喝过这三杯的只有一个人。

我想是个女人，看他的表情，大概还是个让他念念不忘的女人。

阿峰用牙咬开啤酒盖，仰头喝了一口酒，放下酒的时候，手指不时地摩挲着他戴在左手小指上的尾戒，黑暗里看不清样式，只觉得银色的小小一个，不像他的风格。

我更喜欢观察那些素未谋面，
擦肩而过的旅人。
一杯酒，一段故事。

他见我看着戒指，笑了笑："我单身主义，现在没想谈恋爱。"

我没想到，有朝一日会听到一个96年的小伙子同我说，他单身主义。大概真是老了，现在的年轻人，不都该是血气方刚，找个人看对眼了就在一起吗？那戒指隐约是个女款，我瞧不真切，他大大方方承认："这是我前女友留下来的戒指。"

阿峰的故事得从他刚上大学那会儿说起。

年少轻狂的他，仗着家里有些小钱，很是肆无忌惮，女朋友轮流换，换他现在的话说，就是个渣男，不成熟得很。他以为自己会那么流连花丛，玩个三四年，一直到毕业，然后安心回家接手家业，帮父亲一把。

听起来挺玄乎的，像电视剧桥段，但是他真的没想过会喜欢上什么。

年纪轻轻的时候，总是看不起天，看不起地，以为自己无所不能。我听了直笑，虽然我对于感情的处理方式和他不一样，正儿八经的恋爱屈指可数，但是他的这个不可一世的心态，真是每个人年轻时候的通病，尤其是男生。

年少轻狂的时候，总以为自己是独特的，不会为情所困，不

_　　不想忘记你

会为情所伤，那些身边朋友谈个恋爱死去活来，坐在天台边上一脸绝望的情况，看起来当真愚蠢至极。是不是愚蠢至极，其实作为局外人，根本无从评判。针不扎在你身上，你不会知道有多疼。情伤的不是你，你也根本不知道多伤情。

阿峰也是这样。

可是常言道，常在江边走，哪有不湿鞋。

阿峰遇到板栗小姐，是个阳光晴好的午后，板栗小姐手里拿着一袋子板栗，和朋友们有说有笑地走在林荫道上。她身边正好有他认识的好兄弟，于是过去打声招呼，只是他实在很难把注意力全放在自己兄弟身上。站在旁边的板栗小姐，剥了一颗又一颗的糖炒栗子往嘴里塞，鼓鼓的腮帮子，配上她有些微胖的脸蛋儿，活像一只小仓鼠。

板栗小姐见他在看她，还略微不好意思了一番，闹了个大红脸。

他不敢表现在脸上，心里暗笑了好久。

大概是第一印象实在深刻，后来很长一段时间里，板栗小姐在阿峰心里都是一个胖胖的爱吃的女孩儿。只是她的那个脸红，却在不知不觉间，在他心上埋下了喜欢的种子。

而这颗种子，终于在他们两人相约去海边的那天萌了芽。

那天两人坐了很久的巴士去看大海，天气不算太好，海边的风很大，她光着脚丫子在沙滩上奔跑，他在后头亦步亦趋地跟着，一头黑色的长发仿佛要吹到他脸上，近在咫尺，让他有种抱起来嗅一嗅她发间香气的冲动。

她忽然就回头，吓得心猿意马的他登时回了神。她穿着白色裙子，笑道："你在后面干吗呢？"

他也笑道："保护你啊。"

板栗小姐的脸又是一红，他发觉她总是喜欢脸红，脸皮子薄得很，说不得调侃不得。这让他觉得新奇，也让他觉得，用以往那些同女生们开玩笑的方式，去逗弄她，是种亵渎。板栗小姐一言不发地看他，气氛也不是不尴尬，突如其来的一阵风，倒是解了他的燃眉之急。她穿着及膝的裙子，风一吹，她连忙去捂裙角，手忙脚乱，也就忘记和他大眼瞪小眼了。

风大得不行，板栗小姐没辙，只好蹲下来，缩成小小的一团，毛茸茸的发顶让人很有一种伸手去揉一揉的冲动。他站在她跟前，她忽然就被自己的反应逗笑了，唇红齿白，发丝

_ 不想忘记你

在风中飞舞，就在那个瞬间，他几乎听见了自己心脏的声响，扑通扑通扑通。

很奇怪，情场老手忽然就丧失了所有的技巧，他从白天到夜晚都在考虑一件事——要不要告白。内心想要和她在一起，近一些，再近一些，只是又害怕她不答应。

其实每个人在真正喜欢的人面前，都嘴笨得很。

我看阿峰说故事说到这儿，眼中带着几分甜蜜。我知道他是想起了初时的情景，历历在目，似乎触手可及，但甜蜜的回忆对于现在的他来说，真不好说是折磨还是财富。

不过我对于他所说的，见到心爱的人就紧张，不知道说些什么，从何说起，倒是深有体会。以前初中的时候，正是情窦初开的年纪，喜欢一个长发的女孩儿，愣是没敢和人提，见到她就脸红，正好放学走一路，脸能红一路，从耳根一下红到脖子。

而且初中的时候不善言辞，内向得很，喜欢的姑娘就在面前，她说话，我反而不知道怎么回复了。现在想想，那样的时光，真的再也回不去了。

只是她的那个脸红,却在不知不觉间,
在他心上埋下了喜欢的种子。
而这颗种子,终于在他们两人相约去海边的那天萌了芽。

_ 不想忘记你

阿峰听完我说的这个小插曲也笑了，赞同地直点头，托着腮帮子看着台上唱歌的驻唱歌手，说回属于他的故事。

到底是年轻气盛，那天夜里，坐在海边的露天大排档，他有意识地喝了很多酒，想酒壮怂人胆，到酒精上头的时候，她的脸却更清晰了，心上有猫爪子在挠，痒得不行。风中还带着海水的咸味儿，他甩了甩头，抓过她的肩膀就去吻她，带着小心翼翼，带着虔诚。

仿佛她是最珍贵的宝物。

他觉得心跳得快蹦出来，一边暗自祈祷她别生气，一边退开，酒醒了大半，她却呆头鹅一样地看他。他大松口气，看来板栗小姐也是有点喜欢他的。

所以，应该算是一吻定情吧。

刚在一起的日子，总是很甜蜜的，仿佛蜜里调了油，他甚至觉得不真实。

他不知道真正喜欢一个人，居然可以这样，不时地想着她，惦记着她，恨不得分分秒秒和她在一起。可惜，大概正应了那句话，过刚易折，情深不寿。好景不长，板栗小姐因为工作的问题,很快就要离开这座城市。当真是晴天霹雳,他不得不忍痛送她走,她小小的个子,一直过了安检,看不见了,他好像心一下子落空了。

所有的问题,都是从异地开始的吧。

人家都说谈异地恋,和养手机宠物一个道理,看得到,摸不着。

有时甚至怀疑这个人到底是自己杜撰的还是真实存在。

有段时间,她忽然与他联系少了,他慌了,连夜赶去她在的城市,才知道她生了大病,住院治疗。阿峰忽然觉得很疲惫,也觉得自己很无能,连她病了,他都不知道。这种无能为力的倦怠,在他看着病床前的板栗小姐的时候,几乎把他淹没。吵架的时候,她总说他不成熟,他不知道怎么样做才是成熟。

她家里经济并不算富裕,有困难的时候,他出过钱,他只是想用自己的方法,去保护她,让她开心,仅此而已。

其实故事的发展趋向到现在已经很明显了,她大病一场之后,他变得沉默了许多。她偶然翻他手机,看到一个女生与

不想忘记你

他聊天的语气暧昧,气得把家里的酒拿出来。阿峰看那架势,拦都拦不住,和一个醉鬼是没法说道理的。两人大吵起来,他只是没想到,后来会那样的不可收拾。

阿峰忽然沉默了一会儿,将手里的啤酒喝完了:"我后来的日子里,都在后悔那天我没拦住她。"

板栗小姐气得直喘气,抄起旁边的烟灰缸往地上一砸,拿着玻璃碎片就割上了自己的脖子。

他没想到她会这么做,看着鲜血从伤口汩汩而出,沿着她雪白的脖颈往下淌,他当真慌了。脱下自己衣服给她捂着,抱起已经晕倒的她,奔走在北京的大街上。已经是深夜,她这样的伤口,旁边的小诊所处理不了,他没有一刻这样害怕过,凉意从脊梁骨而来,到处拦车,向路人求助,就是没有人愿意停下来帮他。

他苦笑着说,当时有多绝望,真的只有他自己知道。

后来好不容易到了医院,他坐在抢救室门口,满身满手的血,刺目得让人害怕。

板栗小姐的姐姐赶来,二话没说就给了他一巴掌,让他滚,不要再和板栗小姐在一起。他当真觉得心灰意冷，人打他一巴掌，他也不觉得疼。

阿峰摩挲着他的尾戒，看我，自嘲地笑："我那时候真不觉得疼，她姐姐一直赶我走，我几乎要给她跪下，求她，最起码让我知道她人平安无事。不然我不会走的，打死我也不会走。"

我目瞪口呆，半晌没接上一句话，他这故事跌宕起伏，倘若他眼中没有痛苦，我几乎都要以为他是编个故事来诓我。我几乎都能想象那个画面，不由得替他捏了把汗。

破镜是难以重圆的，撕破了这么大一个口子的感情，也再难回到最初了。

阿峰最后和板栗小姐还是分开了。

他从旁边拿出两个在店里热好的团子，一个分给我，一个留给自己。我正好也饿了，当作夜宵再好不过。他边吃边说："这是她上次来的时候，最喜欢吃的。后来我每次经过那家店，都忍不住买两个，尽管我不是那么爱吃。"

和她一起走过的路，她喜欢的食物，她的戒指，他都想留住。

破镜是难以重圆的，
撕破了这么大一个口子的感情，
也再难回到最初了。

他已经失去她,不想连零星的回忆都不剩下。

我看他伤感,随口问道:"那你天天来这儿,借酒浇愁?"

阿峰摇摇头:"哪能啊。"

他沉默片刻。

"这是我和她最后见面的地方。"

我怔忡的瞬间,他已经起身,拍拍我肩膀:"程哥,我说这么多,你可别觉得烦。"

阿峰转身去给另外一桌的客人调酒,我对面的座位忽然空了,说不清楚内心是如何的怅然若失,只是惋惜。

我们相爱,又互相伤害。

因为彼此的不成熟,错过感情的人数不胜数,只是一如既往深情的人太少。

我没有劝阿峰要忘记板栗小姐,我想他很清楚自己在做些什么。

_ 不想忘记你

走出酒吧的时候,天都快亮了。

酒吧内隐约传出《成都》的背景音乐:

和我在成都的街头走一走
直到所有的灯都熄灭了也不停留
你会挽着我的衣袖
我会把手揣进裤兜
走到玉林路的尽头
坐在小酒馆的门口
…………

爱过知情重,醉过知酒浓。

我知道,我不会忘记,在一间叫作"朝思暮想"的酒吧里,有个少年朝思暮想着一个不再回头的人。

只是,不晓得板栗小姐,会不会知道曾经有那样一个人,戴着她留下的戒指,爱她所爱,一寸寸地在心里描画她的模样,生怕自己将她遗忘。

他做着醒不来的梦,喝着醉生梦死的酒,只想在梦里遇见想念的人。

不要隔着屏幕说分手

收到分手短信的瞬间,阿曼愣了很久。

屏幕上的几个字,好像针一样,刺痛了她的双眼。

我们分手吧。

简单得像是在讨论今日的天气,十二点的午餐一般,越是如此,越让人觉得内心荒凉。

__ 不要隔着屏幕说分手

她坐在家里的小沙发上，看着周遭的一切，都变得模糊，不真实。家里的小台灯还是林先生买的，暖暖的光，就在眼前，却再难让她觉得温暖，只觉得刺目。深夜里，公路上车流往返，声音好像放大了几十倍，就连家里的小时钟发出嘀嗒的声响，她也觉得吵闹。

脸上冰凉一片，她抬手抹上眼睛，才觉得自己在不自知中，已经泪流满面。脸上冰凉一片，更多的眼泪从眼眶流出来，情难自禁，只想放纵地大哭一场。她不知道这是怎么了，大概也是每个被分手的人最想问的问题：我们到底怎么了？

明明昨天还如胶似漆，约好了周末去近郊旅游，他一如往常地在聊天结尾说："晚安，宝贝。"

今天等来的却是一条分手短信。

对她来说最嘲讽的不是分手，而是她还在兴冲冲地规划着周末的出游，未来的日子，他却想着如何和她说分手，如何全身而退，兴许还嘲笑着她像个傻瓜。

阿曼是我的朋友，深夜里被人分了手，哭着给我打电话。

我在外地，也不能去她身边安慰她，只能静静地听着她的哭

看着周遭的一切，
都变得模糊，
不真实。

不要隔着屏幕说分手

诉，睡眼蒙眬地躺在宾馆的房间，听她哭得撕心裂肺。

阿曼其实一直是一个开朗向上的女孩儿。

我看她好像平和了一些情绪，就问她："那你就这么算了？"

她好像没想那样多，傻傻地问："那怎么办？"

"你就不想知道为什么？问个清楚再分手，总比没头没脑地就分开来得好。"

她和林先生在一起五年时间，五年时光，说散就散，如何能够不痛？我们分手吧，五个字斩断五年情分，说实在的，残忍之余，只剩下无奈与遗憾。

阿曼想想，好像挺有道理："那我现在就打！"

我还没来得及说什么，她已经风风火火地挂了我电话。我躺在床上，困意早被她搅得不见踪影。她再之前的分手，也是同我打电话大哭了一场，我这个垃圾桶，她用得很是顺手。

相信她还是会再打电话过来，我横竖也睡不着了，就起身去倒了一杯水，打开电脑刷刷微博。

阿曼这边挂了电话，吸吸鼻子，拿过纸巾将脸上的眼泪擦去，来回做了几次吐纳呼吸，才拨出烂熟于心的号码。

电话响了几声终于接通了。

林先生熟悉的嗓音从听筒里传来，睡得半梦半醒，看是她的电话："喂，宝贝儿？"

一开口，她愣了，他也愣了。

"对不起，嗯哼，我忘了。"林先生略显尴尬地咳嗽了几声。

阿曼深呼吸，才没让眼泪冲出眼眶，她清清嗓子："没关系。睡了吗？要睡了，我就明天再打……"

"没事没事，你说。"他好像怕她会把电话挂掉，抢着说。

她斟酌再三，说了一句自嘲的话："你知道吗，我刚刚打电话没接通的时候在想，要是接电话的是个女人我就尴尬了。"林先生一愣，倒是笑了："你不信我？我是这样的人？"

她忽然就冷静了："我打这电话，是想问你，为什么？"

她还在兴冲冲地规划着周末的出游，未来的日子，
他却想着如何和她说分手，如何全身而退，
兴许还嘲笑着她像个傻瓜。

他也不说话了，听筒里只能听见他的呼吸声，天知道她多想和他说些什么，说今天看了电影，里面有个演员笑起来很像他；说昨天路过一个家具店，里面的沙发是他喜欢的，想买给他；说明天有家餐厅开业，她很想去，不如一起去吧。可她偏偏什么也说不出口，像被判了死刑的囚犯，在等待最后的那一枪。

他仍旧不说话，她不由得问："你怎么了？怎么不说话？"

林先生好像声音多了点鼻音："没什么，沙子眯了眼睛呗。"

林先生平日里是一个很坚强的人，情不外露，更别说心里受伤，能表现在脸上。阿曼不知怎的，心里忽然狠狠地酸了一下，她觉得心疼。她把玩着他送的台灯下的流苏："别啊，我还没眯眼睛，你哭什么？这样吧，我们明天见一面，晚上七点半老地方见。"

她很快挂了电话，再次拨出电话。

我在电脑前坐了半晌，才终于等到她电话，阿曼在电话那头絮絮叨叨，说他这样吞吞吐吐，究竟是余情未了，还是有难言之隐，或者就是想吊着她。阿曼和我是老朋友了，说话也没顾忌，心里想什么便说什么。

不要隔着屏幕说分手

她要我站在一个男人的角度去分析。

我苦笑着喊她大小姐："你明天去见一面不就什么都知道了？他爱不爱你，心里还有没有你，为了什么和你分手，五年的恋人，你会不知道他说的是真是假吗？"所谓当局者迷，阿曼一愣，恍然明白："你说得对。"

"你现在要做的呢，就是去好好睡一觉，明天画一个美美的妆，打扮得好看一些。这样，即便输，咱们也不狼狈。往好了说，男人都喜欢自信的女人，也许他就后悔了。"我如是说。

阿曼听话地去休息了。

她总是比较乐观的，上次分手，哭过之后又是一条好汉，斩断情丝，街上碰到前男友和他的现任，还能没心没肺地打招呼。

我的任务也完成了，合上电脑，站在酒店的窗前，南方的初春，夜里还是有点凉的。我不是什么恋爱达人，为数不多的感情也显得平淡，没有多少起伏，但总有几个朋友找我做知心大哥。他们说，至少听我的声音，还能找些安慰。

我的声音居然还有这样的功效，忽然有些感谢自己的好嗓子。

其实，我不知道该怎么挽回一段感情，只是知道，不要隔着屏幕说分手。我也有过这样的经历，两个人渐行渐远，不知怎的就相互不再联系，原先的感情随着渐少的聊天随风消散。我是吃过暗亏的人，不得不说是遗憾，所以希望阿曼和她的林先生，不论如何，都有个结果。好的抑或是不好的结果，总归能画个句号。

随着时间发展，手机成了联系感情的最好工具。

多少人和曾经恋人的最后一句话，是在手机里说的。

听不到声音，见不着面，就这么不了了之。

那些过往，像是做了一场长长的梦，美好的开端，用最平淡无奇的文字收尾，让人不禁怀疑，那些两人共同经历的回忆究竟是真还是假，是否都是自己杜撰出来的。

所以，我可爱的姑娘们，不要傻傻地被分手，或者哭着闹着求你心爱的人回头，哭够了，哭累了，收拾好心情，擦干眼泪，冷静地去见他。问问他这段感情究竟是哪里出了差错，给自己的喜欢找个地方埋葬，然后重新起航。或许这里面有

随着时间发展,手机成了联系感情的最好工具。
多少人和曾经恋人的最后一句话,是在手机里说的。

他的过错，也有你的过失，了解了，下不为例。

去见最后一面，才不枉爱过一场。

曾经有听众给我留言："程一，就在今天，我和我喜欢的人分手了。是我说的分手，我在微信里和他说的。我们长期异地，联系越来越少，生活的圈子也越来越不一样。我觉得到了说再见的时候，可是为什么我会这么难过？他打电话给我，我不敢接；他说要来见我，我不知道该怎么办……可能你也不会看见这条私信，但是我就是想找个地方，说说话。"

我每天睡前都会看大家给我的微博私信，有的时候忙，来不及回复，但我都记得。

这个姑娘的私信，我记着，直到现在。

我当时回复她："他来了，你就去见他，不要让自己后悔。"

人生是没有后悔药的。

姑娘觉得异地很苦，很累，与自己喜欢的人渐行渐远。但很多时候，只是一个拥抱就能挽回。在爱人面前，我们的心总是很软。隔着屏幕，伪装的坚强，在面对面的时候，总会被

不要隔着屏幕说分手

他的一个眼神击溃。

隔着屏幕说的分手，算什么呢。

这个姑娘之所以让我这么印象深刻，还有一个原因。

后来不久后的某一天，一个男生给了我私信："程一你好，我是西瓜的男朋友，我听她说，是你劝她和我见一面。我们现在还在一起，我也到她在的城市找了一份工作。谢谢你，虽然她喜欢你，我很吃醋。"

我回想了一下，之前那个姑娘的昵称里有"西瓜"二字。

于是啼笑皆非地回复了这个男生："你们在一起就好，祝福。"

你们看，见了一面，所有的问题就迎刃而解了，没有猜忌，没有摇摆不定。退一步说，即便是见了面分手了，也没有遗憾。从此你走你的康庄大道，我有我的海阔天空，说清楚的缘由，内心有再多的不舍，时光也能愈合创伤。

上天会安排另外一个合适的人，进驻你的生活。

说来说去呢，还是那一句话。

爱情是两个人的事情，怎么可以，你一个人说了算。

我向来是比较霸道的，一方说的分手，是作不得数的。

哪怕即使被分手了，也请你们挺起胸膛来，哪怕他劈腿了不爱你了，也请你们穿着你最漂亮的衣服，化你最好看的妆，去见他。在爱情里找回属于自己的尊严与骄傲，找回自己的心。

逃避，不见面，不是解决问题的方法。

这个病症如果不治愈，便会一直伴随着你，像慢性毒药，时不时地发作，不致命，却疼得你在夜里辗转反侧。去见那个也许变了心的人一面，好比刮骨疗毒，你见过他柔情蜜意的双眼，也要见见他要分手时的嘴脸。

未曾见到时，你或许还带着幻想。兴许见过他，看过他的无情冷漠，你也就不再惦念了。

刮骨疗毒，虽然疼，却行之有效。

当然，这都是最坏的结果。

__ 不要隔着屏幕说分手

可你想想，你们既然已经到了说要分手的地步，分开不过是最糟糕的结果，坐下来面对面地聊聊，吃顿散伙饭，也好过一条短信之后，再不联系，每次你看着他的头像，在对话框里欲言又止来得强。

噢，你们一定好奇，阿曼和她的林先生后来如何了。

后来的某一天，我回了郑州。

阿曼忽然打电话给我，说马上要去瑞士了，要请我吃饭。

我欣然答应。

到了约好的地点，发觉那儿不止有她一个人。

林先生和阿曼坐在桌子边，有说有笑。

后来我才知道，林先生是因为知道，阿曼的公司要外派她去欧洲的总公司工作三年，而阿曼回绝了，原因是不愿和他分开。他知道她此前的几年一直在争取，临了了说要放弃，未免可惜。他不想做折断她翅膀的那个人。

菜陆陆续续地上，阿曼边吃边翻白眼嘲笑他，不和她商量就

问问他这段感情究竟是哪里出了差错，
给自己的喜欢找个地方埋葬，
然后重新起航。

不要隔着屏幕说分手

做决定。林先生话不多,在旁边宠溺地替她夹菜,给她倒她喜欢的果汁儿。阿曼是身在福中不知福,虽然林先生着急说分手的方式有些欠妥,但是这样一个男人,愿意为了她的发展割舍自己的情感,又怎么能说他不爱她。

不过是关心则乱,没用对方式而已。

"你不是说你要去瑞士了吗?"我想起来。

阿曼嘴里叼着鸡翅,说不清楚话,林先生就替她回答:"她下个月走,要三年才能回来。"

林先生想起她和他见面的时候,她听说分手原因差点没气得打他的模样,不由得笑了。他记得她当时说:"你以为演电影呢?《致青春》啊?你以为我是陈孝正那种渣男,为了前途,把你一声不吭丢下?"

林先生叹口气:"我就怕你不是陈孝正,我不想你因为我,以后后悔一辈子。"

我听林先生的口述,都能想到阿曼那时候吹胡子瞪眼的模样,也笑得不行:"那你们最后怎么解决的?"

阿曼终于啃完了嘴里的鸡翅："最后我们各退一步，我去瑞士三年，他陪我去民政局啊。"说着她晃了晃手里的钻戒，"快恭喜我，我已经是有夫之妇了。"

林先生倒是一脸无可奈何，拿她没有办法的样子。

吃过饭，阿曼走在前头去开车，林先生在我身边目光不离阿曼，笑了笑："还是多亏了你，不然我和她真的错过了。"

我拍了拍他肩膀，叹口气："是我要谢谢你，除了你，她这个性格，我真担心嫁不出去。"

"那记得三年后来参加我们婚礼。"

"没问题。"

竟然是难得的大团圆结局。

出乎我的意料，生活总是比电视剧精彩一些的。

所以，我最可爱的姑娘们，答应我，永远永远，不要隔着屏幕说分手。

你离开后，我活成了你的模样

阿莲娜是一个很有主见的女生。

是我女生朋友里少有的，相当明白自己所想所思的一个人。

与她相识是在一架飞机上。

那天从北京飞往成都机场的飞机，因为雾霾而滞留在机场，迟迟不能起飞。因为航班延误，许多人被迫在机场过夜，机场准备了小板凳给疲惫的旅客暂做休息,等待广播通知。我也是旅人之一。

冬天才到,正是机场人口流动的高峰期,首都机场犹如一个硕大的蜂巢,嗡嗡嗡的都是声响。候机厅里许多人顾不上脏与不脏,直接坐在了大理石地砖上,靠着墙睡得歪七扭八。

我坐在角落里,闭眼听着手机的音乐,循环往复。

大部分旅客的面容都带着疲倦,但坐在我对面不远处的女生则不然。

她抱着画架,手里拿着铅笔,笔头在纸面上迅速地移动,发出唰唰的声响。因为戴着口罩,我看不清她的脸,只看到她偶然抬起的眼,黑白分明,一眨一眨的,显得格外精神。

过了一会儿,她合上画架,从军绿色的外套兜里摸出一盒万宝路,扭头看看身边的电脑包和行李,又看向我身后的吸烟室。很快她就站起来,走向我,她的声音低低的,不同于一般女生的甜脆,有些微哑,意外地让人觉得很性感。

"能帮我看下行李吗?"

她是我女生朋友里少有的,
相当明白自己所想所思的一个人。
与她相识是在一架飞机上。

周围其余人都在睡觉，环视了一周，我才确定她确实是在同我说话。

"没问题。"我简短地回答。

她道谢之后，背上画架，留下了笔记本电脑还有一个黑色手提行李包，走向我身后。忍不住扭头去看她的身影，吸烟室是个玻璃间，里面也塞满了形形色色的人，甚至可以说是形形色色的男人。

她背着画架往里头一站，便看不真切了。

出来的时候，我发觉身边许多人都在瞧她，男人堆中忽然出现一个女人，是有些奇怪的。但她好像一点都不受影响，径直朝位子走来，带着尼古丁的气息从我身边走过，坐在自己的位子上。

因为刚抽过烟，她将口罩摘了，我这才看清她的脸，意料之外地年轻。

比起那双会说话的眼，她的五官显得干净又年轻，像个才进大学的大学生。

— 你离开后，我活成了你的模样

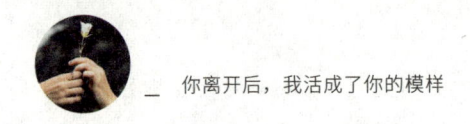

我一直以为，衡量美人的标准，是眼睛。世上的人这样多，长得好的皮相也多如牛毛，而正儿八经的美人，总是眼神清亮的。美人的眼睛会说话，她望着你，无须言语，便能将故事娓娓道来。

无疑，跟前的这个女生，是个美人。

可能是察觉到我的注视，她抬头瞧了我一眼，抿唇，略带感激地一笑。

闹得我反而不好意思起来。

我以为这只是候机的插曲，也不曾多想，结果到了下半夜，航班准备起飞。我是后来几个上飞机的，看到同座位的人在努力往行李架上塞行李，便问："需要帮忙吗？"

结果那人一回头，就笑了，是刚刚那个女生："好的呀。"

她说话略微带着南方口音，听起来就像江浙沪一带的人，我伸手替她把行李塞好，找到自己的位子坐下。她也坐下来："没想到飞机上还坐一块儿，有缘有缘。"

我系好安全带："去成都玩？"

她的画架放在座椅下方，脚有一搭没一搭地摇晃着："不是去成都，想去九寨沟。"

十一月九寨沟马上就要封山了，进沟的人很少。我看着她手里的画板："那更有缘了，我也去九寨沟。你去写生？"

她手指无意识地把玩着安全带的金属扣，点点头，似乎有些困了，从包里掏出了眼罩蒙上眼睛，歪头朝我一笑。这回看不到她的眼，只能看到一排明晃晃的牙齿："下飞机要坐好久的大巴进沟，你也睡会儿。不嫌弃的话，我们可以一起搭个伴，路上还有人说话。"

她说话的感觉，仿佛是怕我被她占了便宜，论调很奇特。

我忍不住笑起来。

她原本已经准备睡了，冷不丁又补了一句："嗯，蒙上眼睛觉得你声音真好听。对了，我叫 Alina。"似乎也没打算听我自我介绍，她把头扭回去，仰靠着，很快呼吸声均匀起来。

我是一个对气味很敏感的人，她身上还有些许未曾消散的万宝路味道，淡淡的，不让人反感。闭上眼的时候，鼻尖萦绕着她的气息，醒来便已经到了成都机场，飞机着陆时，她也

我是一个对气味很敏感的人，
她身上还有些许未曾消散的万宝路味道，淡淡的，不让人反感。
闭上眼的时候，鼻尖萦绕着她的气息。

醒了。像是做了一个冗长的梦,她摘下眼罩的瞬间,眯了眯眼,像是有点分不清身在何处。

表情有点像迷路的小鹿,茫然又无辜。

毫无疑问,我和阿莲娜踏上了前往九寨沟的旅途。

我向来觉得,独自旅行的意义正在于此。独自欣赏沿途的风景,遇见不一样的人,发生意想不到的故事。阿莲娜正是我此行的收获之一。

大巴上所有人都昏昏欲睡,只有阿莲娜好像有用不完的精力,睁着眼睛看外头的风景。路过 2008 年地震的汶川,她托着腮帮子,静静地看着断壁残垣。喀斯特地貌特有的山峦起伏,山上光秃秃的,偶然才有几棵树,她却看得很是起劲。

到了九寨沟,朋友替我找好了落脚点,离进沟的入口很近。九寨沟是个很神奇的地方,哪怕快封山,旅客仍旧络绎不绝。定个酒店比登天还难,就别说好的酒店了,那儿的酒店大都像稍好一些的招待所。

附近的饭菜也是出了名的实难下咽。

__ 你离开后，我活成了你的模样

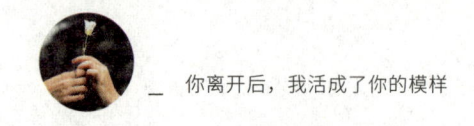

尽管我是一个不怎么挑食的人，仍旧觉得酒店的食物吃起来够呛。

辣椒炒豆芽儿，羊肉丸子炒胡萝卜，咸得要命的麻婆豆腐，还有漂着两根生菜的清汤。

酒店的晚餐我没吃饱，想来阿莲娜也是。

回到自己的房间，正在收拾行李，就听到敲门声。

我一开门，是拿着两盒方便面的阿莲娜，在门口笑。

"吃泡面吗？"她倚着门，晃了晃手里的酸菜面。

我原本是打算饿一晚上，明天早上再吃些东西也不打紧，可这会儿看到泡面，当真是觉得有些饿了。她又略往房里头探了探头："方便进去吗？"

我啼笑皆非，侧身让她进屋。

住的酒店是没有暖气的，只有床上的电热毯勉为其难还算有点暖，我在进屋的时候已经将电热毯的开关打开了。坐在床沿，还能感受些许热度。九寨沟的昼夜温差大得惊人，夜里冻得人发抖，手脚也是冰凉的。

水很快就烧开了，泡了两碗面，整个房间里弥漫着泡面的香气。

越发让人觉得饥肠辘辘。

她将背上的画夹放下，泡起面来显得熟练老道，一点没把调料撒在桌上，合上盖子，回过头来，在椅子上坐下，侧头看我："我刚刚挑的口味也不知道你吃不吃得惯。"我觉得有点惭愧，一个男人居然还不如一个女人有男友力。

阿莲娜是一个行动力很强的人。

独自旅行的人有许多，独自旅行的女人相对来说少一些。

我看着一旁的画夹："你是画家？"

阿莲娜撑着下巴，咯咯咯笑起来："哪能啊，我这年龄哪里称得上什么画家。只是平时有事没事给杂志画些漫画，必要的时候，人家请我画些插图而已。你呢？"

"我做电台的。"

我向来觉得，独自旅行的意义正是在于此。
独自欣赏沿途的风景，遇见不一样的人，发生意想不到的故事。

她眨眨眼:"怪不得声音条件好。我说呢。"

她对于新鲜事物的好奇心比我想象的要重,我在她调侃下连着模仿了好几个主持人的声音,录广告一样,也说了好几句大家耳熟能详的广告词。阿莲娜满脸惊叹:"都说隔行如隔山,一个人竟然可以有这么多不一样的说话方式。真是厉害。"

我看到她抽出画夹里的纸来,瞥见了画的内容。

一男一女,背靠山水,笑得开怀。

我也笑着说:"你画得也不错。"

她低头看了看画,正想说些什么,忽然低叫一声:"呀,面好了。说着说着都忘了正事了。"

两个二十四小时前还不认识的陌生人,在冰凉的房间内,抱着两碗方便面吃得起劲。聊天中发现,她其实比清冷的外表要热情,属于我们常说的外冷内热的那一类人。

笑的时候会露出洁白的牙齿,还有两颗小虎牙,大眼睛也眯成两段小桥。她说起以前独自旅行的经历,去过西塘,走过丽

_ 你离开后，我活成了你的模样

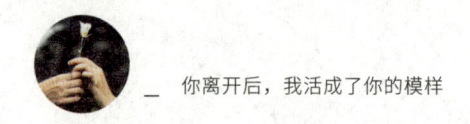

江，独自感受敦煌的大漠孤烟，坐在苏杭的小院中听风吻雨。

我吃东西速度向来快，将泡面碗放下，才觉得浑身热了一些，顺嘴问道："你这样一个人走南闯北，爸妈不担心？"她也吃完了最后一口面条儿，顺手收拾了泡面碗："不会啊，他们一直都很支持我的。再说，他们自己也喜欢旅游。"

那天夜里，我竟然有些失眠了。

都说医者难自医，听我自己电台是不管用的，数多少只羊也没什么用，可能是对于陌生环境有种抗拒，亦或者对着明天进九寨沟的行程或多或少有些激动，便更加难以成眠。

不知道数了多少只羊，大概是六百多只的时候，我才渐渐进入梦乡。

为了不排队，我起了个大早，没想到阿莲娜起得更早。

早餐又是她买的，搞得我这厚脸皮的都有些不好意思了，总觉得我好像在蹭吃蹭喝。

我收下她买的牛奶和面包，牛奶还是温热的，似乎用开水泡过。

她扬了扬下巴:"趁热喝,大冷的天,不吃东西没有力气走路。我爹之前来过,跟我说要走的路不少。"

七点坐上进沟的大巴,每辆大巴上配的导游日复一日重复着她们熟悉的景点介绍,我坐在阿莲娜身边,她安静地趴在窗户边上,看着沿途的风景。

导游带着当地口音,介绍这儿曾经是《神雕侠侣》的采景地,那儿曾经是《西游记》片尾师徒四人经过的珍珠滩瀑布。也不知道她有没有听进去。

"你第一次来?"我嚼了一片口香糖,顺手递给她一片。

阿莲娜把口香糖的糖纸剥了,塞进口袋里,嚼着口香糖含糊不清地说:"不是,这是第二次。"

然后又补充了一句:"上次匆忙,没来得及看。"

山路盘旋,司机师傅开得再稳当也挡不住惯性,让乘客们东倒西歪。

导游没事儿人一样抓着扶手,提醒大家坐稳,抓好扶手。

_ 你离开后，我活成了你的模样

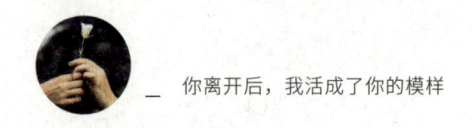

阿莲娜抓着身前的座椅靠背："九寨沟真的是很漂亮的地方。"

对于她忽然的感慨，我也感同身受。

"是啊，谁说不是呢。"

大城市的繁华千般，灯红酒绿，似乎都不及这儿的静谧与安详。

小学课本里介绍的五彩池，我记到现在，描绘得跃然纸上，说是怎样折射出五彩的光。如今一见，方觉大自然当真是最神奇的造物者。大自然似乎是格外偏爱这块土地，用了最浓重的笔墨肆意渲染，三步一景，任何一处都可入画。

下车后，我们按照地图上的景点走向栈道，天气冷得让人说话都冒着白气，我看她穿得少，就趁她去买奶茶取暖的时候，在小商贩那儿买了一条具有当地特色的围巾给她。

她见着围巾一愣，也没拒绝，往脖子上套去，然后拿出手机自拍当镜子，扭头问我好不好看。

好看，当然好看，暗红色的围巾衬得她本就白皙的皮肤更加清透。其实好看的不是围巾，也不是她的五官，那些都是表

大城市的繁华千般,灯红酒绿,
似乎都不及这儿的静谧与安详。

_ 你离开后，我活成了你的模样

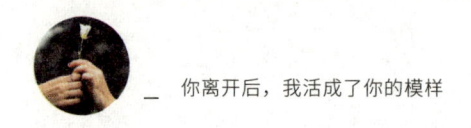

象。阿莲娜好看在于，她清冷外表下活泼的生命力。像棵枝繁叶茂的小树，终有长成参天模样的一天。

阿莲娜要去的景点比较偏，她背着画夹，走得轻松。

我询问她是否需要帮忙，她摇头说不用，而后又俏皮地说："听摄影师说过，唯相机和老婆不能外借吧？对于我来说，唯老公和画夹不能外借。自己背着踏实。"我早就发现了，她如此看重她的画，以至于能够将笔记本电脑留在座位上，让一个陌生人帮忙看着，却要背着画夹不离身。

终于到了景点，人烟稀少，大概是时间早，而且马上就要封山，景区的游客也少了。她拿出画夹来，架好："我画张画，你可以随便走走。"

我也没走出多远，她处在高处，仰头看，她头顶便是冬日的暖阳，整个人沐浴在阳光下，神情笃定又认真。她在想些什么呢，我不得而知，只是在我回来的时候，她也将画画好了。

还是昨天那张画，照片里的一男一女，显然不是我和她。补充了身后的背景，两人在画中笑得洒脱。

她将手机递给我:"来,帮我拍张全家福。"

把画从画夹上取下,拿在手中,她朝镜头比了个"耶"的姿势,像个孩子。

我一连给她拍了好几张,最终将手机还给她的时候,选择什么也没问。不曾问为何她的全家福是这样的怪诞,每个人都有自己的故事,也许不想被外人所知。

她却在大石头上坐下来:"你怎么不问些什么?"

我盘腿而坐:"问什么?"

阿莲娜裹了裹自己的围巾:"成,你不问,我自己说。"

"其实也没什么……"

她看着远方,手却抚在画上,原来画上的两人是她的爸妈。

"2008年汶川地震之前,我和我爸妈是约好要来的。你记得吧,5.12大地震,震惊全中国的。"她抿抿唇,"对于大部分人而言,可能只是揪心,或者只是一则新闻报道。我却是当事人。"

黑暗未曾吞噬她心中的曙光，
苦难未曾压弯她瘦弱的背脊，
难以想象小小的身板里，有多少的力量。

我好像猜出了故事走向:"你当时也来了?"

她扭头:"来了就好了,可惜的是,我因为找到了新工作,没有来。我爸妈也是画家,说来采风,下次再和我一起来。结果,怎么猜得到,根本没有下次呢?大地震的时候,他们在进九寨沟的路上,外界通信全断了,我赶到汶川,也进不去北川,更别说进九寨沟。出来的路被山上滚下来的石头阻断了,没人能出来,也没人能进去。"

我没想到最终会听到这样的故事。

她低头看了看手里的画,攥紧了拳头:"过了这么多年,我才敢来,赴当年之约。这是我和他们的约定。找到他们是地震后一周的事情了,结局你大概也猜到了吧,他们坐的巴士被震翻,翻进了峡谷。当然无人生还,又不是真的超人。"

生活真的比小说电影,更让人感慨万千。

"我常常在想,倘若我来了呢?会不会不这么遗憾?会不会因为我起床慢一些拖沓一些,让他们赶不上那辆巴士,从而逃过一劫?可我最终还是没有来,所以现在的全家福,只能以这样的形式,让你给我拍几张。"

— 你离开后，我活成了你的模样

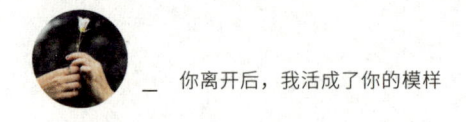

她鼻子有些红，不知是难过还是冻的，吸吸鼻子，歪着脑袋，喃喃自语："我说两位老同志，现在可不能说你们女儿不厚道了。和你们的约定，我都做到了。你们在那边也要开开心心，该吃吃该喝喝，和从前一样。"

我不是一个非常感性的人，听她的叙说，竟然眼眶微热。

她的一切神秘、一切行为最终都有了答案。

热烈的生活，对画夹的看重，以及那些欲说还休的时刻，都不过是因为经历过与至亲的生离死别，让她对待生命、对待生活有了全新的认知。

我甚至不能想象，得知双亲遇难的时刻，以及后面很长的一段时间里，她是怎么熬过来的。黑暗未曾吞噬她心中的曙光，苦难未曾压弯她瘦弱的背脊，难以想象小小的身板里，有多少的力量。

"怎么不说话了？"她问我。

我笑了笑："我觉得，此时此刻，你的父母一定以你为傲。"

她一愣，没想到我说出口的不是什么安慰的话语，然后扑哧一下笑起来,煞有介事地点头:"是的,我也这么觉得。"

世间深情,莫过于此。

你离开后,我活成了你的模样。

你未曾到过的山水,我替你涉足。

你没有看过的风景,我替你欣赏。

如果说一次又一次的离别,就是成熟的代价,那上苍对她未免太过苛责了。可天意难测,我们无法预知灾难和明天究竟哪个会先来到,能够做的,除了拥抱所爱之人,好让自己不至于在悔恨中度过余生,也别无他法。

算不清有多少的明日,只争朝夕,是我如今能想到的,唯一能做的事。

我的程一爸爸

我叫程小胖。

是一只很有思想的泰迪狗。

奈何我有一个很蠢的主人。

印象里一个雨夜,大冬天,伸手不见五指,我和家人走丢了。我那时候才四个月大,找不到回家的路,黑暗的城郊,只有几盏昏黄的路灯,黑暗里好像藏着可怕的怪兽,要把我抓走。

我沿着小路一直往前走,忽然闻见了火腿肠的味道!!!

没有吃晚饭,身上湿淋淋的,第一次知道什么叫饥寒交迫,我奔向火腿肠香味的方向,原来是一家小超市。小超市的收银台上亮亮的加热机里,有我最爱的火腿肠,胖胖的阿姨在打盹儿,火腿肠在机子里转啊转,我蹦了好几下,连柜台的边沿都够不着,肚子叽里咕噜地叫,我也在柜台下嗷嗷叫。

"汪,汪汪,汪汪汪……"

胖胖的阿姨呼噜声很大,雨声盖过了我的声音,她听不见。

我多叫了几声,没想到吓到了来的客人,胖阿姨终于醒了,她看到我,似乎很不喜欢我,让我走。

我盯着火腿肠,我很饿。

她好像生气了,去拿超市里的小扫帚。我呜噜了几声,可是我太小了,一点威慑力都没有。她仍然向我走来,凶神恶煞般。我害怕极了,夹着尾巴跑出超市,外面还下着大雨,我

我的程—爸爸

就蹲在超市门口的拐角,胖阿姨终于不再追出来,可我也没有地方可去了。

四周黑漆漆的,我不知道除了待在这儿,我还能去哪儿。

我想回家。

迷迷糊糊地睡去,我是被饿醒的,一个好听的男人声音从店里飘出来:"老板,来根烤肠。"

他的声音低低的,让我觉得好困,隐约中感觉天亮了,太阳出来了。

可是我刚刚听到他说什么来着,烤肠,烤肠?!火腿肠!!!

他的脚步从我旁边经过,我噌噌爬起来,一路跟着他。

因为有了昨天晚上的教训,我想他应该听不懂我在说什么,就不敢乱叫了,我使劲朝他摇小尾巴,屁颠颠地跟着他。男人的步子很快,似乎没有注意到我,只和旁边的朋友说着话。

我急了,这样可不行,眼看他就要把烤肠往嘴里送,我立马张嘴，一口拽住了他的裤脚。

男人回过头来，我做出一副无辜的模样，摇尾巴摇尾巴，人类都喜欢我们摇尾巴的。

果然，他看到我蹲在他脚边，也慢慢地蹲了下来。

我其实还是有点害怕的，不知道他会不会喜欢我，会不会舍得把手里的火腿肠分给我。

他还穿着傻傻的运动服，额角有汗一滴一滴地往下落，汗珠落在地上，绽开一个圆圆的小圈。他和我对视了好一会儿，火腿肠的香气熏得我想扑上去，他看看手里的火腿肠又看看我："想吃？"

我觉得他很笨，当然想吃："汪！"

没想到，他从自己的车里拿了纸巾出来，把整根的火腿肠都给了我。

我饿得不行，狼吞虎咽，吃完才想起来好像以前有谁说过，外头的东西不干净，不能吃。可是一抬头，就撞进他暖暖的眼睛里，眼前这个男人眼睛不大，可是在阳光下显得晶莹剔

_ 我的程一爸爸

透,像水晶一样,闪闪发亮。

我的听力很好,狗的听力都很好,我比一般的笨狗听力还要好一些,我觉得他的声音是我听过的最好听的,没有之一。

他旁边的朋友叫他:"程一,干吗呢?"

噢,原来这个穿着傻不拉几运动服,声音好听,小眼睛高鼻梁的胖子,叫程一。

我舔舔嘴,还有火腿肠的味道,朝他笑,虽然他也看不出来:"嘿,程一。"

我身上已经很脏了,原来发亮蓬松的毛,也被昨夜的大雨淋得瘪瘪的,难看死了。他好像不大在意,仍然蹲着,伸手来摸我的头,一点也不怕我会咬他:"小家伙,你家在哪里?快回家去。"

"我没有家了。"我有些失落,很想告诉他,但是他那个傻瓜听不懂的,我知道。

他陪我玩了一会儿,只说让我快点回家,可是我根本不知道家在哪个方向。

他似乎无可奈何，和我告别，坐上了他那辆高大的白色大车，车子慢慢地往前开，我看着车子逐渐开远，忽然就明白了，我好像无家可回了，成了别人所说的流浪狗。

对于未知的恐惧让我不自觉地跟着这唯一一个给我火腿肠的男人的车狂奔，车子开得很快，我跑得再快也跟不上四个轮子的怪物，我在车子后头大叫，可是他的车还是开远了。我太累了，跑不动了，只能眼睁睁看着程一的车消失在车水马龙中。

他也不要我了吧。

我可能是一只讨人厌的狗。

我沮丧地回到原地，闻了闻他留下来的纸巾，茫然无措。

不知道过了多久，可能是五分钟，也可能是半小时，忽然听到"吱"的一声刹车，熟悉的脚步声传来，是程一！

是那个给我火腿肠的人！

我从地上爬起来，开心地绕着他转圈："汪汪汪！"

我的程一爸爸

他的声音低低的:"你还在这里啊,小家伙?走丢了吗?"

我在他脚边兜圈圈,阳光很烈,他的脸隐在阴影里,我看不清楚,可我莫名地很亲近他,听他的脚步,他的声音,我就知道他是谁。

他把我抱起来,也不管我身上是不是沾着灰尘,他好像在自言自语:"想了想,还是应该回来看看,嗯。"

然后我看到他抬头,他的手很暖,他露出雪白的牙齿:"走,我们回家。"

这是我听过的最幸福的一句话。

我和主人程一过上了没羞没臊的同居生活。

然后我逐渐知道,那天他身边的另外一个人,是他的好基友室友。

我有了两个爸爸。

程胖子给我取了一个很叫我蛋疼的名字——小胖。

你自己是程胖子,我才不要呢,我很想抗议,但抗议无效,被他驳回了。

他完全没有意识到,他严重伤害了一只狗的自尊。

程胖子每天都带着我去晨跑,美其名曰锻炼,其实根本就是我在跑,他骑着车停停走走!

他给我洗了澡,又带我去打预防针,我讨厌医生,他也不管。好吧,看在他是为我好的分上,就原谅他好了。他还给我买了最好的狗粮,作为一个直男,能这么细心已经不容易了,我知道。

他把我放在小垫子上,给我拍丑照,分享给他的朋友看。我很绝望,我帅气的形象就这么被毁了。这个笨蛋完全不自知,还乐此不疲,我要被他气死了!不过他的朋友们似乎都很喜欢我,路上的漂亮小姐姐也很喜欢我,每次他带我出去,都会有人来逗我。

我为他创造了和美女说话的机会,他要感谢我的。

有时候他会奖励我火腿肠,虽然不能多吃,但有总比没有

— 我的程—爸爸

好，我还是挺满足的。

程胖子很忙，好像喜欢他的人很多，夜深人静的时候，他就拿出话筒来，说一些让人羞羞的情话。我觉得他一定在外头有别的狗了！他说话的样子温柔，声音也温柔，眼神柔软得能滴出水来，我窝在旁边，静静地瞪着他，用眼神示意他，我很生气。

可是他根本没有考虑我的感受。

哼，等闲变却故人心。

不管不管，我是最可爱帅气的。

过年的时候，他为了把我带回家去，一路开着车，从南开到北，他开车，我打盹儿，分工合理。

可是他越来越忙了，时不时地出差，我一路跟着他出门去，他却不肯。

他说："小胖儿，我要坐飞机，不能带着你，你在家乖乖的。"

飞机是什么东西，为什么我不能去?！

虽然程胖子很讨厌,但我不想和他分开啊,汪。

但好在我的二爸爸有时间照顾我,程胖子不在的时候,都是二爸爸照顾我。

程胖子有时候会给二爸爸打电话,问的都是我的近况,嗯,还算有点良心。

现在我住在二爸爸家,程胖子每次来的时候,都会给我带我喜欢的火腿肠,然后被二爸爸数落一顿,说会宠坏我诸如此类的。二爸爸对我饮食要求很严格,不让我吃垃圾食品,可是火腿肠不是垃圾食品,是我的命!

不给我吃火腿肠,我就去吃巧克力!

狗吃巧克力会死的!

程胖子每次来都嘲笑我又胖了,哼唧,他也胖了。

听说他最近更忙碌了,经常到处跑,谁帮我告诉他,让他多吃一点,我喜欢圆滚滚的他,瘦了我就不爱他了。

这个喜欢叨叨,喜欢煮饭,口是心非,声音好听的男人,就

我的程一爸爸

是你们看到的程一。

嗯，我忽然发现，我还是挺爱他的。

程胖子，我会乖乖等你回来的，你一定要常常回来看我。

恶魔与天使

人的一生会爱过几个人呢?

人人都想要一生一世一双人,但真正能做到的又有几个。

近几年,明星离婚的新闻越来越多。原来世人眼中的金童玉女,在分手的时候闹得满城风雨,人尽皆知,撕破脸,拼个鱼死网破。有人问我,这难道就是爱情的现状吗?我无法做什么回答。

人的一生会爱过几个人呢？
人人都想要一生一世一双人，
但真正能做到的又有几个。

既不能说是，也不能说不是。

身边很多朋友，从中学时代的早恋，谈到了大学，然后经历出国的异国恋，最终终成眷属。让人觉得，似乎这才是爱情最好的模样。漫漫岁月，未曾磨去爱的本质，反而历久弥新，让最初的悸动，成了后来的依赖。彼此融入对方生命，怎么能说是不美好。

但也有很多朋友，身边人换了又换，经历过背叛，出轨，然后对爱情几乎丧失了信心。他们甚至觉得，那些美好的爱情，都属于书本和电视剧，根本不会有那样一个人出现，与自己白头偕老。婚姻不过是搭伴过日子罢了。

四月小姐是个高冷的冰山美人。

对一般人，话不多，偶尔几个应答也是单音字。

漂亮也是真的漂亮，眉目可入画，去拍写真的时候，摄影师对她无可奈何，最终将片子交给她的时候，摇着头说："你是我见过眼神最有杀气的人。"四月小姐也是一笑了之，叫她对着镜头笑得花枝乱颤，她做不到。反正拍写真，也是图个自己开心。

_ 恶魔与天使

人生得意须尽欢嘛。

这种女人对于男人是有吸引力的，而且还是相当的吸引力。

人都对自己得不到的东西有种偏执，所以四月小姐从来不缺男朋友。

但是怎么说呢，就像那句话说的，身边来来去去的人那样多，可真正走进她心里的人却少之又少。

可能是因为从小父母离异的原因，她对于爱情有些抗拒，不敢付出真感情，怕受伤。她像刺猬一样把自己柔软的一面藏起来，把刺留给外界。你不懂我，我不怪你。合则聚，不合则散，她也不勉强。

也常听人说，纯情的女人是天使，风流的女人是魔鬼，魔鬼总是比较有意思一些的。

说四月小姐风流吗？她也不是那么风流。

可能有不熟悉的朋友在背后嚼舌根，说她身边男朋友来来去去的，今天这个开着宝马的小开，明天那个带她去吃哈根达斯的设计师，长相不俗，品位不俗，都并非凡品。四月小姐的男人缘好，可她的女人缘并不是那么好，说得上话的女生朋友少之又少。

女人总是有些嫉妒心的。

对于她的外表，她的男人，她每天轮着换的衣服，很多女人都嗤之以鼻。

那是她们可望不可即的东西，她却全部占有。

可是没几个人知道，她的童年，她的过去。

四月小姐对中伤诋毁也早就习惯了，在洗手间听到人在背后说她的不是，付之一笑，推开门一言不发地洗手，补妆，末了还能朝她们笑一笑，潇洒走人。所以她的女人缘更不好了，人家就是看不惯她这副油盐不进的模样。

同样是人，高傲些什么劲儿啊。

但不能说她不渴望爱情。

童年父母离异，成了她心里的一道阴影。好在父母都对她很是关心，甚至给她优渥的生活，家庭和睦，没有让她受太多

漫漫岁月，
未曾磨去爱的本质，反而历久弥新，
让最初的悸动，成了后来的依赖。

委屈。她只是对爱情多了几分保留，不愿将就地过一辈子。

然后她遇见了一个真正让她怦然心动的男人。

姑且叫他蛋糕先生吧。因为他看起来，实在是个奶油小生。

蛋糕先生生得一副好模样，不仅仅是好看，更可以说是让人惊艳，走在路上小姑娘都能回头看的类型。唇红齿白，一双桃花眼有勾人魂魄的本事，剑眉斜飞如鬓，才显得不是那么的娘炮。总之五官恰到好处，像是老天恩赐的宠儿。

蛋糕先生和她是同事。

公司是不允许谈恋爱的。他们两个谈起恋爱来也偷偷摸摸。

可能是真的到了想安定的年纪，四月小姐认认真真地和蛋糕先生谈恋爱。说来也奇怪，她谈过的帅哥不少，有钱的帅哥更是不少，但是真的很少有人能让她动真感情。这个蛋糕先生可能就是她的克星。

蛋糕先生是个很完美的情人，家中有些小钱，在一线城市有几套房，郊区有别墅，条件很不错。甚至连他的父母都是很不错的人，对四月小姐也好，很满意她，一度想让她做自己

恶魔与天使

的儿媳妇儿。

但是蛋糕先生是个很让女人着迷的男人。他身边不乏狂蜂浪蝶，一个星期去酒吧几趟，总能带着脂粉香气回家。谁不想和这样的男人有一段故事呢，毕竟是多少人的梦中情人。

四月小姐是个很细心的人，也极其敏感。

她默不作声地观察了一段时间，从一开始的愤怒，到后来的心痛，她是真的动了感情的。于是有了争吵，她眼里揉不得沙子，也不是打落了牙和着血往肚里吞的性格。她在家里，拿着他有口红印子的白衬衫，逼问他，究竟想怎么样。

他解释显得苍白又无力，最终她一气之下，将衬衫往他脸上一甩，从公寓里整出了所有自己的东西，回家去了。

很狗血吧，四月小姐自己也觉得，这种事情，她没想过会落在自己身上。

和朋友聊天的时候，说起蛋糕先生，说是分手了，想假意装作无关紧要，可不争气微红了的眼圈，仍旧出卖了她。她少有的真心，他怎么能如此践踏。她不图他的好样貌，也不图他的家世，看上的仅仅是这个人罢了。

从头至尾，她爱的只是他罢了。

蛋糕先生过了段时间，找上门来，要求复合，再三保证自己不会再花心了。

一定和她好好过日子。

每个女人内心都有公主梦，谁不希望被捧在手掌心上。当女王多累，做公主被人呵护何乐而不为。她思虑再三，决定再与他试一次。反正事不过三，横竖不行就一拍两散。何况，她还爱着他。

即便分手了，还是想着他，看看手机里有没有他的电话，翻翻两人共同去电影院留下的票根。思念在滋长，她恍然，原来这就是爱情的滋味儿。比起爱，伤痛更让人觉得刻骨铭心。

可明明是伤了，痛了，她仍旧喜欢他。

多犯贱啊。

与他一起的日子好像让她看到了往后的一辈子，可以在起床的时候吃到温热的早餐，他的妈妈喜欢她到把她当作亲生女

恶魔与天使

儿一般，为她挤好牙膏，倒好水。她想，这可能就是家的感觉。他的家庭，给了她温暖。不仅仅是他这个人，她还爱这个家。

倘若能这样过一辈子，何乐而不为呢。

蛋糕先生也确实是安稳了一段时间，公司里渐渐有人知道他们之间的关系，她甚至有了辞职的念头，为了他。可能待在一起时间长了，他又渐渐地生出疲倦来。对他来说新鲜感很重要。

可能这也是男人和女人的差别，男人一开始的时候都是情根深种，女人矜持迟迟不肯往坑里跳，真的动了情，男人又开始追求起新鲜事物来，而女人往往深陷其中，无可自拔。这是人的劣根性。

蛋糕先生又频繁出现在夜场，三更半夜回家。

四月小姐从许多人口中听到了他和不一样的女人暧昧不清。

而他手机里的暧昧短信，成了压死骆驼的最后一根稻草。

四月小姐在他去洗澡的时候，做了最让自己不齿的事情。她

心如死灰，
比恨要直接得多。
它让分别彻底又无法转圜。

恶魔与天使

没想到自己居然也有翻男人手机的一天，一边鄙夷自己，一边翻看他的手机，得到的消息让她吃惊，又让她觉得情理之中。

那些暧昧的字眼，字字诛心，心像是有一把小刀在割，一刀又一刀，鲜血淋漓。

身后卫生间的水声淅淅沥沥，她紧紧攥着手机，一面心如刀绞，一面又觉得解脱。这么多天的猜疑终于有了答案，她终于没法自欺欺人，掩耳盗铃，也终于到了该看清楚的时候了。

是她看错了人。

人总会有眼瞎的时候，只是想承认自己的错误太难。

四月小姐在蛋糕先生面前，默默地放下了他的手机，当着他的面，拿出他送自己的滑盖手机，生生地折断了："我们分手吧，这次是真的结束了。"

她对于他的爱情，就如同这个滑盖手机一样，一掰两断，再没有回旋的余地。

心如死灰，比恨要直接得多。它让分别彻底又无法转圜。

别说什么会死灰复燃的话,四月小姐最终只和蛋糕先生的妈妈说了句"对不起",就拿着所有行李,再次搬出了公寓。

是个寒冬深夜,南方的冬天温度不那么低,但她却生生打了个寒战。月光清冷,显得她更形单影只。可能这就是命吧,在游戏人间之后,总得跌一跤,才能让她感到痛。

蛋糕先生大概从没有见过她这么决绝的时候,披个外套赶下楼来,也难挽留她。

他说,那些不过是逢场作戏。

他说,我不喜欢她们。

他说,我爱的一直就是你。

四月小姐这时候才看清楚这个男人的嘴脸,仿若似海深情,但深情的背后,是人性的凉薄。

是的,他并非不爱她,他只是不那么爱她而已。

四月小姐头也不回地走了。

恶魔与天使

她开始自己的生活，在公司见到他的时候，也尽量劝自己心平气和。她忽然庆幸找回了自我，肆意洒脱。她相信能遇见真正能和自己走一辈子的人。

好在上天并不算太捉弄她。

不久之后，她遇见了一个男人。年龄比她小一些，少年老成的模样，戴着金丝边眼镜的时候显得温文尔雅。

眼镜先生有着不同于同龄人的成熟，因为四月小姐个子小，看起来反而他年龄更大一些。其实眼镜先生在以往她交往的男人当中，条件算不得好。虽然已经成了部门主管，但是是农村来的孩子。她没有歧视农村人的意思，否则也不会同他在一起，只是客观来说，家境条件，确实不算上佳。

但她的感情漂泊了这么多年，总想有个寄托。

她看重的不是一个人有多少的权势，多少的财力，而是他的上进心，他对待爱情的忠诚。

眼镜先生对于人生有着很强的规划，如何使自己更强，成为能为她遮风挡雨的男人，他都有计划。从农村而来，反而成了他人生的助力，让他清楚地明白自己的短板，他对四月小姐更好。

在她难过的时候陪伴她，在她对某些事情发牢骚的时候，用客观的角度替她分析对错，在她半夜想吃杨梅的时候，跑下楼去到处找店面，买三斤杨梅。

甚至在餐桌上，发觉她用的杯子有裂角，便二话不说将她的与自己交换。

他在用自己的方式爱她。

这些她都看在眼里，记在心里。

一个男人爱不爱你，不是看他为你买多少珠宝，多少名牌包能够体现的。而正是这些生活琐碎，才能看出他有几分真心，几分实意。

人生的出场顺序很重要。或许在碰到蛋糕先生之前，眼镜先生的出现并不能打动她，她甚至不会同他在一起。可是蛋糕先生之后，她真正开始审视自己所需。她发觉，可能平淡的油盐酱醋茶，就是她想要的爱情的模样。

谈了两三年的恋爱，两人就顺理成章地结婚了。

_ 恶魔与天使

蛋糕先生一直想要挽回她,从一开始的笃定,到后来的恐惧。他忽然意识到,这个女人已经不在意他了,甚至在公司,看见他还能礼貌性地微笑。连恨意都没有,他不敢相信,却不得不相信。

自己输给了一个各方面条件都不如自己的男人。

后来,在四月小姐结婚之后,他也匆匆找了个女人结婚。

人生就这样过去了吧,喜欢的人不再属于自己,回不了头了。

四月小姐在某年某月的某一天,听说他生了个儿子,还发去了恭喜的短信,也给喜欢她的他妈妈发了短信。但是后来,她又听自己家人说,蛋糕先生好像和妻子的感情并不好,可能会离婚。

她抱着自己的孩子,付之一笑。

身边的眼镜先生正在给孩子泡奶粉,面容温柔。

如果自己当时一直自欺欺人下去,可能现在面临离婚的,就会是自己。

他一直想要挽回她，从一开始的笃定，到后来的恐惧。
但他忽然意识到，这个女人已经不在意他了，
连恨意都没有，他不敢相信，却不得不相信。

恶魔与天使

婚姻的围城，里面的人想出来，外头的人想进去。但她觉得现在困住自己的这座围城，是她心甘情愿画地为牢的。而蛋糕先生的那座城池，不进也罢。

爱情，让魔鬼收起了自己的戾气，成了温良的天使。

因为，有人将她捧在掌心上，让女王成为了他心爱的公主。

四月小姐爱过一个男人。

至于另外一个，她毫不怀疑自己现在爱着，以后也会一直深爱着。

关于声音的记忆

人会记得什么事?

一天二十四个小时,一分钟六十秒,而一年却有三百六十五天。人对童年的记忆总是格外深刻,而后渐渐地记不得一些事情,甚至连曾经爱人的脸都模糊了,模糊得像镜花水月,大梦一场。

我也发觉我逐渐记不得一些事情,有时候恍惚一下,甚至得

_ 关于声音的记忆

认真想想才知道自己已经离开大学好几个年头，学生时代也离我远去了。

高中的时候就喜欢听电台。可是家教严，做完作业，复习功课之后就要躺上床去睡觉，没有一点空闲的时间。我就偷偷地用当初的直板手机，插上耳机，猫在被窝里听电台。那时候有个我很喜欢的电台主持人，黑暗里，一切都是混沌的，唯独主持人用她清冷的嗓音，将略带伤感的故事娓娓道来。

就像记得儿时母亲给我唱的安眠曲一样，主持人的声音一直到现在我都记得。

亲眼见到那个电台主持人是后来的事儿了，我当初打进热线给她，她还曾鼓励我，如果我喜欢从事声音工作，就不要放弃。可是当我见到她的时候，她已经不记得我了。场面有些许尴尬，可是我依然感念当年她的声音伴我走过数不清的午夜时光，也永远记得，有这样一个人，鼓励我，支持我，去追逐我的梦想。

如今你们的喜欢，是我当年想都没有想过的。

我一直觉得，我很平凡，摘下面具的程一，就是一个普通人。

他走在人群中,坐在餐馆里,和大家没什么两样。

可就是这样一个普通的我,得你们喜欢,有朋友追着签售会、分享会而来,一连跟着好几场。我时常在想,我何德何能,能让你们这样喜欢。

以前做电台主持人的时候,有听众打电话进来,说:"你的声音,让我听了好想睡觉。"我心里咯噔一下,这不是要命吗,这到底是夸我呢,还是损我呢,我的声音这样没有魅力,让人听了昏昏欲睡吗。

后来逐渐地,有人告诉我,我治愈了他长达几年的失眠。

我才意识到,原来声音是可以治愈人的。

那一刻,我觉得比中了五百万都开心,这也是程一电台的初衷。

黑夜孤寂,白昼如焚。多少人害怕天黑,更害怕天黑时一个人。倘若我的声音能够陪伴你走过漫长黑夜,温暖你,能够让你觉得不再孤单,那一切都是值得的。

而声音也是有记忆的。

以前做电台主持的时候,有听众说:"你的声音,让我听了好想睡觉。"
我心里咯噔一下,我的声音这样没有魅力,让人听了昏昏欲睡吗。
后来逐渐地,我才意识到,原来声音是可以治愈人的。

有的朋友在商场里逛街，听到某一段来自我的语音小故事，会在微博上给我发私信，说今天听到我的声音了，在某地某时。也有朋友来见我，跨过千山万水，坐了十几个小时的火车，与我见面的那个瞬间，熟悉得像是认识了多年的旧友。我想这就是声音的魅力所在。

它让我们相识，在我们之间形成无形的系带，我们可能未曾谋面，但我们早已认识。

学生时代觉得声音好有个好处。我数学不好得很，出肯德基的时候，钱结错了，回头重新结账也是常有的事儿。但我的语文不错，因为声音被老师喜欢，老师常常点名让我起来念课文，全班的注意力都在我这儿。我是一个挺害羞的人，不然也不至于现在戴着面具见你们，其实我是紧张的，告诉你们一个小秘密，姑娘们拥抱我的时候，我其实面具下早就红了脸。

有的朋友猝不及防吻上我的面具，我发誓那一刻甚至可以听见自己的心跳声，扑通扑通，扑通扑通，甚至脸红一直红到了脖子。

所以读课文，是我儿时唯一可以站在人前，脸不红心不跳说话的时候。

关于声音的记忆

再后来，我的声音不仅仅可以读课文。

那时候，我还不是大家的程一。

我的初恋女友很喜欢我的声音，常常有事没事发段话给我，让我读给她听。这种感觉很微妙，你喜欢的人喜欢你的声音，你会觉得有个东西可让她迷恋，是件值得高兴的事情。如同《一吻定情》中，江直树一定很庆幸自己的成绩优异，能够辅导琴子的学习。

我的声音，可以让我爱的人觉得开心、愉悦，那于我而言就是值得的。

我也有过年少轻狂的时候，载着喜欢的姑娘，骑着自行车，从一座城市到隔壁城市去看牡丹花展。真的是骑自行车去的。她说喜欢听我说话，喜欢听我唱歌，我便说了一路的话，唱了一路的歌。现在想来觉得自己傻气得很，初恋也成了别人的新娘，但是曾经的时光当真让我难忘。

后来因为初恋女友比我小一届，我考上了211大学，军训之后就毅然决然地说不去了，我怕她没有人陪，没有人替她读她喜欢的小说。我义正词严地告诉家里人，我想复读，我想读播音，学我真正喜欢的专业。

我父母很开明，也同意了我这么做。

那个时候为了感情什么都可以牺牲，我甚至没想万一复读之后考得不好怎么办，考不上喜欢的学校怎么办。只想着，我这个人，我的声音，得陪着我喜欢的小姑娘走过她人生的每一段路。想得很简单，复读却很痛苦。当然，我如今每次回想，都庆幸当初的决定。

没有复读，如今就不会有程一。

可能会有程二、程三、程四……陪你们度过无眠的夜晚。

可那都不会是我。

能用声音陪伴你们，是我几世修来的福分，我很珍惜。

噢，对了，那时候我也经常和初恋女友深夜打电话，哄她入睡。

有一搭没一搭地说着话，我跟她今天发生了什么事，大概是我的声音真的很催眠，好多次，说着说着，她就睡着了。听筒那边传来她安稳的呼吸声，我就在黑暗里默默地笑了，尽管她听不见，还是和她轻轻地说了声"晚安"，再挂掉电话入睡。

没有复读，如今就不会有程一。

可能会有程二，程三，程四……陪你们度过无眠的夜晚。

可那都不会是我。

当然我现在也听很多女生朋友说,自从她们的男朋友听到我的电台,就学着我哄人入睡的方式,哄她们入睡。

宝贝儿,还没睡呀,快睡觉吧。

她们常常笑得不行,说男朋友们学得一点也不像。

可是我的姑娘们,一个人是因为爱你,才会为你去做这些事儿,也是因为爱你,才会爱你所爱。请你千万珍惜。

当然,之前也说过,我的初恋在前段时间已经结婚了,当初的山盟海誓,终于在时光中磨平了棱角,成了回忆里的风景。我没去参加婚礼,还被她的闺密一顿臭骂,但她不知道,我最终还是打去了一个电话。

我手机号换了又换,初恋女友是没有这个号码的,我与她也几年没有联系了。毕竟比起藕断丝连,不联系前任,是一种美德。我打电话过去,开口:"喂?"

她愣了一会儿:"是你呀。"

尽管几年过去,不熟悉我的号码,我的声音也有了一定的改变,她还是在瞬间听出了是我。有一瞬间的眼热,更多的是

关于声音的记忆

内心的感慨，千帆过尽，彼此间有过误会怨怼，但好像都消弭在短短的几个字对话中了。

"听说你要结婚了，恭喜啊。"我如是说。

她笑了："原来打电话过来是为了祝福的？"

我沉吟片刻："还要告诉你，我一定会包个大红包给你，你放心，人可能没时间到，礼一定到。"

我想她也懂我不去的理由，她向来是很懂我的。

她笑着说好。我们闲聊着生活琐碎，最终我告诉她："你能听出是我，我挺高兴的。"

她叹口气："你的声音，过多少年，我都不可能忘了。"

短暂的聊天结束后，我照常等她先挂掉电话。两条直线至多也只能有一个交点，嘟声之后，我知道，属于我和她的故事是真正画上了句点，完完整整地成了一段往事。她找到了相伴一生的良人，提笔书写人生的新故事。而我照旧踏上自己的路，一往无前。不能预料前路有多少坎坷，或是何时才能遇见那个让我怦然心动的人，但我会一直等，在旅途中等她来。

后来她闺密告诉我，自从我做电台开始，她就听我的电台，每晚都听，一期节目都没有放过。

你说我内心能没有一丝波澜吗，那肯定是骗人的。但内心是庆幸的，即便不再适合常联系，但她感到疲惫或孤独时，我的节目我的声音代替我陪伴着她，陪伴着这个我曾经想要共度余生的姑娘。

这样也好。

这样也好的。

人对于气味是有记忆的，对于声音亦然。

做直播的时候，有女生连线我，让我给喜欢听我电台的闺密打电话，祝她生日快乐。

我把电话打过去，小姑娘睡得迷迷糊糊，半梦半醒地和我聊天，问我是谁。

我就逗她："我是谁你不知道？你今天是不是参加运动会了，我看你跑得可起劲儿了。"

关于声音的记忆

她反应慢半拍:"啊?可是你到底是谁啊?"

"你猜猜看。"我笑说。

小姑娘沉默了一会儿:"你的声音很熟悉,很熟悉,我肯定认识你,你快说。我好奇。"

我就调侃她,用录节目时的声线说道:"宝贝儿,我是谁,你真的不知道吗?"

然后就听到电话那头,小姑娘呆愣了几秒,然后又惊又喜地叫道:"程一?是程一吗?你是程一吧!我知道是你。"我再也绷不住,边直播边笑:"是呀,是我。天啊,我还没说我是谁,你就听出来了。你真棒。"

姑娘激动得语无伦次:"啊,真的是你!我,我真是不知道该说什么好,我喜欢你好久了。"

每次女生说她喜欢我,我都觉得不好意思得很,可她说着说着就哭了。

我最怕见到女生的眼泪,于是也手足无措起来,只能低声地哄。她边抽鼻子边说:"你怎么给我打电话了,是不是在直

声音是有温度的,夜晚的声音会发光。
你可能才刚刚认识我,我却可以陪伴你,很久,很久。
愿你无眠的夜晚,都有我相伴。

_ 关于声音的记忆

播？"我无可奈何地笑，把她闺密的留言读给她听。人与人之间的关系这样微妙，她未曾和我见面，凭声音便认出了我，我想这比什么表白都要来得直接。

在她眼中，我或许真的是那个每天晚上，伴她入眠，为她读睡前故事的人。

声音是有温度的，夜晚的声音会发光。

你可能才刚刚认识我，我却可以陪伴你很久，很久。

愿你无眠的夜晚，都有我相伴。黑夜这样漫长，而与你相伴的时光，始终那样温暖。你会听懂我的深情，也会看穿我的精心伪装；你会明白我的叹息，也会读懂我字里行间的体贴温存。

声音是有记忆的，而我每一次发声，都事关于你。

也请你和我约定，会带着我们共同的记忆，勇敢面对人生，笑看风月。

或许某年某月的某一日，在某个地点，你会遇到我。你可能不知道我长得什么模样，但我只要一开口，你就会想起我。

再见，你好

"行过千万里路，走遍天涯海角，遇见数以万计的人，我却只爱过你。"

这是蛋挞小姐曾经的签名。

我认识她是在一个午后，那天阳光很好。我一个人在某知名高校闲逛，等朋友来赴约看电影。大学正在放假，校园里人很少，来来往往的都是情侣，只有我和她是两个形单影只的

_ 再见，你好

游人，显得格外突出。

蛋挞小姐小小的个子，抱着单反站在一棵梨花树下取景，蹦蹦跳跳地想要把树枝往下拉一些，拍一张好看的风景照。我在附近看了许久，她都没能够到那根她想要的花枝，反而蹦乱了头发，也让我的心蹦漏了一拍。

倒不是怦然心动，只是觉得可爱，一本正经地可爱。

认识的摄影师朋友大都是男性。女生，尤其是个子不高的女生，少之又少。

身体先于思想而行，我走过去，替她将那树枝往下拉一些，她只看了我一眼，不做言语地拍下自己想要的照片，满意地看向相机，然后将照片给我看："好看吧？"

没等我回答，她又自顾自地说："这树梨花开得好早，今天运气好。"

我也觉得运气好，遇见这样有趣的姑娘，今天的运气实在很好。

她放下相机，这才后知后觉并未做自我介绍，俏皮地一吐舌头，将碎发撩到耳后去，落落大方地伸手："哈喽，我叫蛋挞，很高兴认识你。"

"我叫橙子。"我笑了。

她也笑了，看了看我身后："一个人？一起逛逛吗？"

生活中的我慢热得很，但也不得不佩服她的自来熟。我们在校园里逛了几圈，最终找了一个看台坐下。她一路拍了许多照片，顺便问我："我给你拍两张？"熟悉我的朋友都知道，我并不喜欢拍照，但是对于她，我鬼使神差地点头了。蛋挞小姐身上有种魔力，才认识，就让人有种与她是旧友的错觉。

坐在看台上，她把相机给我，忽然就问："介意我抽根烟吗？"

身边抽烟的女生不多，我看着相机，余光中瞥见烟雾中她的眼，过去了这么长时间，依然深刻。她的脸与我隔着轻烟淡袅的雾气，多了几分疏离。不同于方才的自来熟，烟雾背后的她，仿佛卸下了伪装，更真实，更淡漠，还有几许哀伤。

眼见着她将烟灭了，朝我极浅淡地一笑，可我觉得她不是在

她自顾自地说:"这树梨花开得好早,今天运气好。"
我也觉得运气好,遇见这样有趣的姑娘。

看我，而是透过我，看到了别人。

"我会抽烟，你好像不惊讶？"她从包里翻出一盒蛋挞来，与我分享。

我拿过蛋挞塞进嘴里："面对奇葩才需要惊讶，对于你……我看不需要。"

她忽然就笑起来，可能觉得我的论调很奇特，身体忽然放松下来："今天原本打算一个人走走，拍些照，没想到会遇到你，也算是有缘人了。"

"是第一次来吗？"我顺口问道。

没想到她却沉默了，看向空荡荡的操场："不是第一次来，却是第一次一个人走过刚刚那些地方。"

原来这里是蛋挞小姐的大学。

人很奇怪的，对于我，一个陌生人，她聊起了自己的过往，聊起了自己有且只有的一段倾心以对的感情。

她是两年前从这儿毕业的，南方城市的姑娘，独自去了北

_ 再见，你好

京，成了少见的女摄影师。大学四年，玩得最好的朋友是个男生，她笑着说，早先的两年根本没把他视作异性来看，每天聊着天，一起搭档做项目，她将他视作亲人一般的存在。

我曾听人说过，和挚友恋爱，是人生中最蠢的事情之一。我觉得未必，但不晓得蛋挞小姐怎么想。后来不知怎么的，蛋挞小姐就和那个男生在一起了。他们太过熟悉彼此，以至于常常说一样的话，做同样的事，身边的朋友也觉得他们水到渠成。就连她自己也这么觉得，用了三年的时间，去了解一个人，毫无保留地将他视作朋友亲人，她并不以为自己还能有这样毫无保留的三年。

是啊，人生又有多少个三年，对一个人毫无保留地付出。

世事将所有人的棱角磨平，将我们的内心包裹，我们作茧自缚，却不敢再走出一步。毫无保留的岁月，已经过去了，都远去了。我内心如是想着，但我没打扰她的倾诉。我知道，她只是需要一个倾听者。

正儿八经是情侣的时光不长，半年不到。我问她分开的理由，她啼笑皆非，再次点燃了一支烟，火光明灭中，她呼出一口烟雾。分开的理由哪里有什么惊天动地，无非是即将毕业，大家要各奔东西。

前程繁花似锦，独不见你罢了。

相比于往后当真长期异地，以至于互相伤害，不如就此放下，还能做一世朋友。

我此时能做的只有沉默，谁心中没有这样的一个人，放下不是因为恨，而是爱。因为舍不得对方与自己颠沛流离，怕感情在奔波的岁月中碎裂，再不见初时模样，才忍痛割爱。好比自己在自己的心口剜了一刀，疼，疼得你想打滚，也骂不得旁人。

蛋挞小姐说两年了，她无数次经过这座城市拍照片，却没有哪一次踏过这座校园。回忆里的地方，是去不得的。每一个角落，每一寸土地，甚至每一口空气都带着最致命的熟悉感，裹挟着残忍的记忆，将人困在过往的迷宫内，痛不可抑，越发歇斯底里。

如今故地重游，好像比自己想象中的要好一点，两年的分离，彼此还是朋友，占据着心中的一席之地，确实好过互相怨怼，再不联系。只是有些惋惜，一生遇到的人何其多，能够相伴走一生的人又何其少，遇到对的人，却不在对的时间，才越发觉得造化弄人，都是天意。

分开的理由哪里有什么惊天动地,
无非是即将毕业,大家要各奔东西。
前程繁花似锦,独不见你罢了。

蛋挞小姐说，分手是他提的，而她思虑过后，也表示同意。

我不禁设想，倘若他们当初没有分手，现在会是怎么样的光景。蛋挞小姐是一个很有目标性的人，决定的事情，就不回头。大概，只要那个男生坚持，她也肯坚持吧。她自嘲地说，其实爱情里再清醒的人，也是傻子，太傻了。

天南地北如何，长期异地又如何，只要你点头，我就跟你走。

可爱情毕竟是双方的，男生求安稳，而她却是想去见高山的性格，想走得更远，去更多地方拥抱这个世界，所以他们终究也不是一路人。

那现在呢，重新走这条路，是不是还没有忘记他？我这样问。

蛋挞小姐一愣，抱过相机咯咯笑起来。所有人痛苦的时候都想着忘记，她却不是这样的人。王家卫在他的电影里说道："当你不可以再拥有，你唯一能做的就是令自己不要忘记。"任何人，任何事，如果你刻意去遗忘，反而会越记越牢，记忆这种东西，磨人得很，强制性删去记忆的，除了韩剧里的车祸，别无他法。

你不需要惦记着去忘记，自然而然就平静了悸动的心。

_ 再见，你好

然后你会发觉，什么心有不甘，什么心如刀绞，都被岁月抹去了沟壑，只剩下淡淡的痕。凝视着那道疤痕，你能窥见自己的初心，也觉得感伤中有着美好。她眼中的人生就是如此，每一段旅程都有人相伴。得失离散，都是天意。有的人约定过一生，不过只能走一程。有的人相伴过一日，却能够在不经意间走成了一辈子。

好的不好的，得到的失去的，我都认。

离开象牙塔后的两年，她身边来来去去许多人，逢场作戏的有，想要努力认真尝试去喜欢的也有，但确实再没有哪个人，能够像当初那样，让她捧在掌心，视若珍宝。大家越来越懂得自我伪装，她也是，笑着去面对每个人，努力地去爱，可大概是缘分未到，她尚未遇见那个让她停留驻足的对的人。

她说，其实我从未喜欢过他，因为最初是挚友的毫无保留，我从一开始给他的就是我的爱。这份爱中有太多的难舍，不同于一般天雷勾地火的爱情，所以更加难能可贵，也更难忘。

我觉得我当初挺爱他的。她自嘲道。

可是再爱如何，这世上没有谁离开谁不能活。第二天太阳照

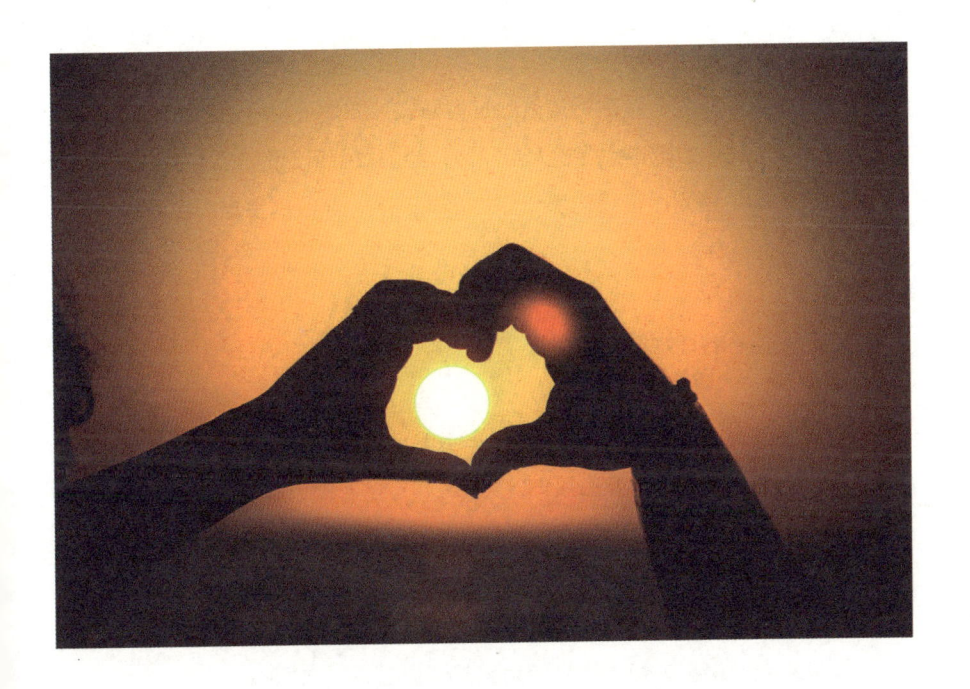

其实我从未喜欢过他，因为最初是挚友的毫无保留，我从一开始给他的就是我的爱。这份爱中有太多的难舍。

_ 再见,你好

常升起,地球照样转,生活仍要继续,没了那个人,你惋惜之余,只能在内心默默祈祷彼此过得好。只要你过得好,就好。而蛋挞小姐她也会继续大步向前,奔向属于自己的人生。未来可能会遇到比曾经的那个他更合适的人,与他携手走一辈子,我确信。

她的性格不容许她低头挽留。

就像梁实秋在《送行》里写的——你走,我不送你。你来,不论多大风多大雨,我去接你。

这是她的骄傲,也是她最珍贵的心。

她后来走上摄影这行,也是因为忽然明白过来,时间嘀嗒嘀嗒地溜走,单凭人的记忆能够留下的东西少之又少,摄影最让人迷恋的就是,影像能够长长久久地保存,此去经年,每当你看到照片的时候,就能想起当时种种,也算是留念。证明记忆真的存在过,那些爱意,那些愉悦,真实地发生过。

午夜梦回的时候,不至于像一场空。比起在往事中痛苦挣扎,更害怕的是此间种种,不过黄粱一梦。

我忽然很庆幸,方才没有拒绝她给我拍照,至少往后看到相片,就能想起今时今日,我偶然遇见一个喜欢吃蛋挞的摄影师,还有她与这座大学的故事。

我忍不住又问,那现在曾经的那个他如何了。

她耸耸肩,又分了一个蛋挞给我,再拿起一个塞在自己嘴里:"还是老样子呗,在自己的城市,有一份朝九晚五的稳定工作,不愁吃穿,可能以后也会娶一个安安稳稳的老婆。希望会找我拍婚纱照吧。"她叼着蛋挞说话,含糊不清,还促狭地眨了眨眼睛,比我遇到的很多人都要洒脱,甚至于我也自叹不如。

"我现在算是明白了,原来比参加前任婚礼更惨的是,要帮前任拍婚纱照。"她又给自己补了一刀,说得云淡风轻。

其实比起有的姑娘,痛哭着向我诉说前任,蛋挞小姐这样说起自己往事,如同一个旁观者,冷眼看着红尘,说故事一般的态度,更令人觉得心疼唏嘘。曾经有听众问我,怎么放下一段感情,我想大概蛋挞小姐就是真正地放下了吧。

"分开后的一段时间,我都挺难受的,不是那种想要号啕大哭的难受,而是到三更半夜,对于这个人的记忆就排山倒海地来,你控制不住地陷在痛苦里,没办法根治。"她坦言道。

摄影最让人迷恋的就是，
影像能够长长久久地保存，
证明记忆真的存在过，那些爱意，那些愉悦，真实地发生过。

我很好奇她是怎么走出来的。

她仰头看天:"后来有个小姑娘一句话点醒了我,她说,'我觉得比起现在,你应该找一个能让你真正怦然心动的人。'"

是啊,她应该会遇见一个真正让自己怦然心动的人,然后过她的一生。

从前的那个他没有给她送过一件礼物,她当时也没觉得有什么好与不好,现在想起来很是庆幸,没有对方的东西,就不至于睹物思人了。

过往的年月美好又带着酸楚,我们都感念陪伴我们一程的那个人,旧时光因为你而觉得耀眼。

在我们聊天的间隙,我的手机忽然来了电话,说来也巧,她正巧遇上些急事,放了我鸽子。蛋挞小姐以为我要走了,就站起来,拍拍裤子上的灰:"你有事儿就先走吧,我待一会儿,过会儿去看场电影。"

我苦笑着告知她,自己被放了鸽子的事实。

鬼使神差,等我回过神来,我们已经坐在电影院中,同看一

— 再见，你好

部电影了。

电影播放着编剧杜撰的悲欢离合，想着今日的际遇，我忽然觉得人与人之间的关系，微妙又神奇。你永远不知道自己上一秒告别了那个人之后，转身会遇见谁。就像我从来没有想过，我会在这个午后，认识一个叫蛋挞的女生。

电影恰好是王家卫监制的《摆渡人》，梁朝伟一如既往地帅气，他深情说着台词："十年太长，什么都可能改变；一辈子太短，一件事也有可能做不完。回忆永远站在背后。你无法抛弃，只能拥抱。"

大荧幕上的光照着隔壁座她的脸明灭不一，我隐约看到蛋挞小姐眼角的水意。电影是杜撰的假象，之所以动人，是因为有心人在其中窥见了真实的自己。

因为感同身受，所以泪流满面。

那日之后，我们成了真正的朋友，偶尔互相关心问候，插科打诨地调侃对方，老大不小仍旧是一只单身狗。

蛋挞小姐在后来的一个夜里，忽然跟我说："其实过去的那个他，声音也很好听，和你一样。操场那个看台的位置，也是曾经我和他坐过的地方。一直忘了感谢你,和我一起,和过去做了告别。"

蛋挞在那之后,忽然改了长久不换的签名:

"感谢曾经伴我风雨兼程,但剩下的路,我自己一个人走。再见,你好。"

望归来时，我仍是你的白衣少年

转眼大学毕业已有四五个年头了。

恍然如梦，好像高中毕业，进入大学的日子还在昨天，近在咫尺。

很多听众朋友没见过我的好奇我长什么样，到跟前了好奇我是一个什么人。

其实没什么,我想说,我就是一个普通人。

程一电台从 2014 年成立到现在走过了两三个年头。

虽然每夜都会温暖大家,但是总感觉想说点什么,可我羞于表达呀。你们总说我声音好听,这是我的荣幸。在平常的节目里说了上千个别人的故事,却没有属于我的只言片语。今天说说我自己的。

程一是谁,我又是谁。

之前我说过,曾经的我是一个很羞涩的人,暗恋一个姑娘大半年却不敢说。我孩提时代是在河南的一个小镇度过的,跟着奶奶一起生活。想不到吧,我还会放羊,小学时候每天放学回家,也顾不上什么作业,放下书包就带着几只小羊去河边吃草喝水。现在城市里大家都是养猫养狗,可对我来说,当初的那几只小羊,几只大鹅,还有数不清的小鸭,也是我的宠物。

我很怀念当初的时光,一个人静静地坐在河边,和我的小羊们一起看太阳一点点落下山去。家里奶奶烧好了晚饭,我回到家就能吃上热腾腾的饭菜。现在想想,那样的时光真是一去不复返了。

_ 望归来时，我仍是你的白衣少年

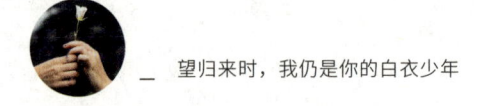

初中的时候，我喜欢上了一个长发飘飘的姑娘。

私心想要把她当作我的初恋，可好笑的是，偏偏连初恋都算不上，只能算作是暗恋。

姑娘是隔壁班的女孩儿，就像以前看过的《那些年》里的沈佳宜一样，姑娘也是我们年段的沈佳宜。我记得初三上学期吧，偶然一次机会，看到她穿着夏天的校服，白衬衫扎在灰色的校裙里，很炎热的午后，上体育课她站在树下，微风吹来，撩起她的发梢，同时撩在了少年的心上。

没错，就是在她隔壁班的我。

好家伙，从此以后这暗恋真是一发不可收拾。她下课经过我班级的窗前，我眼睛盯着人家，直到看不见了才恋恋不舍地收回眼，为此还被班上的数学老师砸了好几次粉笔头。

情窦初开是什么滋味儿呢，应该大家都不陌生。

你喜欢她，就不自觉地想要靠近她，仿佛和她在食堂里点一样的餐，就和她面对面吃过饭了。你的目光不自觉地追逐着她的身影，在人海里第一眼就能发现她的存在，哪怕大家穿着一样的衣服，却在她转过头的瞬间，别开了脸。

我很怀念当初的时光，
一个人静静地坐在河边，和我的小羊们
一起看太阳一点点落下山头去。

— 望归来时，我仍是你的白衣少年

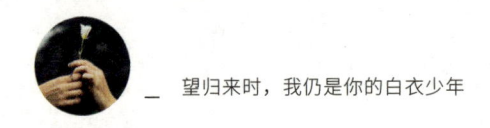

暗恋就是，害怕你知道，更害怕你不知道。

后来到了初三下学期，马上就要开始中考了，班上的同学都起哄说要我去告白，有时候我也在想，如果当初我去表白结局会不会有些不一样。那时还容不得我考虑去不去告诉她我的心意，一个突如其来的消息如同晴天霹雳，把我打得半天回不过神来。

我听说，她有男朋友了。

那时候是真傻啊，整个人都蔫了，晚上几个男同学坐一桌吃饭，人生第一次喝了白酒。我什么也吃不下，蒙头喝酒，我记得那个白酒的味道，从嗓子一直烧到胃里，辣得我眼泪直流。可是心里却是酸的，涩的，好像天塌了一样。

结果，借酒浇愁的后果就是第二天去小诊所挂水了。

从那之后，我也逐步死了心，考去了郑州市里，和爸妈一起。

直到高中毕业，偶然和发小见面，发小和我提起："哎，你知不知道，当初隔壁班你喜欢的那个，要定亲了。"

我愣了，这消息好比前女友要结婚一样，真是让人不知所措。

就像商店橱窗里你一直喜欢的那个玩具车,没钱买不了,等到有钱了,它却被人买走了。

后来大学我回老家,鬼使神差地走到了她和她丈夫开的那家照相馆,我记得很清楚,叫三毛照相馆。不知怎么的就走进店里去,直到到了她的照相馆里,我才反应过来自己做了什么,但是这时候退出去已经不可能了。

她在柜台里逗着自己摇篮里的孩子,见我进来,一脸客套:"照相吗?"

我凝视着她,点头:"啊,照相。"

我虽然是她隔壁班的同学,她却不记得我,我也没同她说过一句话,没想到和我曾经那样喜欢的一个女孩儿说的第一句话,却是这样的开场。她胖了些,及腰的长发剪短了,也没当初那个纯粹儿的感觉了。我心里百般不是滋味儿,走出照相馆的时候,隐约还听到她和自己的丈夫吵架,都是些家长里短。

我忽然很想问,如果当初我勇敢一点,结局会不会不一样。

我和她的故事,还没开始,就已经结束了。

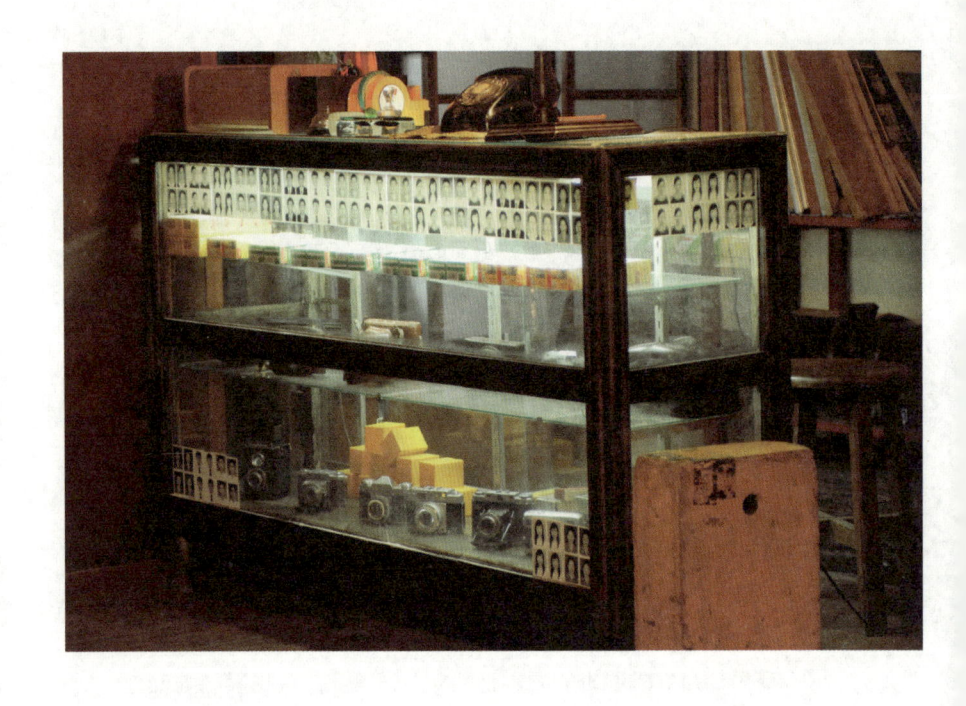

或许当初我和她在一起,
我也就这辈子在小镇上开一家照相馆,
过着平淡如水的生活。

人生的每一个决定都至关重要，或许当初我和她在一起，我也就这辈子在小镇上开一家照相馆，过着平淡如水的生活。你们不会认识一个叫程一的男人，我每日都会去买菜，为我喜欢的人洗衣做饭。这么想想，也觉得人生际遇真是奇妙。

可是不论如何，初中那个我曾经深深迷恋过的女孩儿，都会是心中的一道白月光。

就像每个女孩儿都爱过一个阳光洒满白衬衫的男生一样，我也曾经认真地喜欢过一个长发的女孩儿。

这就足够了。

也许未曾拥有，才更加美好。

说实在的，那么喜欢人家，我却没有能够在喜欢她的时候，和她说一句话。那时候胆子太小了，那时候的我做梦都想不到，现在站在千人大礼堂里看着底下为我而来的朋友们，我能侃侃而谈。其实还是会脸红的，只是藏在面具下，你们看不到罢了。

现如今，很多高中的小朋友私信我，问我当初怎么考上理想中的大学，他们认识了我以后，也爱上了声音这门艺术，想

望归来时，我仍是你的白衣少年

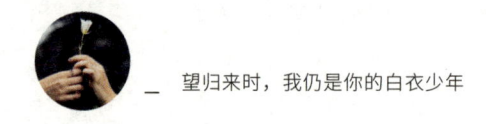

要考播音主持专业。

首先我得说，我自己家里在我之前没有做传媒和声音这块儿的人，我是家里第一个吃螃蟹的人。但是路总是要有人去走的，哪怕没有捷径，眼前满是荆棘，也没有关系。

你们想象不到，我初中毕业，直到高中开学以前，我说的都是河南的土话。

农村里，老师连上课说的都是河南话，自然而然，我们平时交流也用河南话。

我的普通话是后来到了高中才学的。

我发觉城市里的同学，大部分都说普通话，因为是从农村来的，显得另类，一口方言更让我觉得自卑，以至于更害羞了。

后来我特意去听一些电视新闻主持人怎么说话，新闻联播、广告配音、广播剧等等，那时候课业重，也不能天天玩电脑，就把声音录到自己的 MP3 里，睡前来回地听，然后模仿。

声音这事情，没有任何捷径可言，后来因为自己的兴趣报了艺术类播音主持专业，老师教的也只是方法，他没法替你发声。我就记着快考试了，自己当时每天拿着练习的稿子，在公园练声。大清早的，晨练的大妈经过我身边，问我："小伙子，学唱戏的啊？"

我硬生生憋着没笑，等大妈走远了，一个人笑倒在公园的躺椅上。

我是真的喜欢声音，才选择走这条路。

我一直秉持的原则都是因为喜欢，所以专注。其实学播音主持没有外行人看来的那样光鲜亮丽，电视上的主持人也是反复背稿，纠正自己的发音，天赋是一回事儿，但是后期的努力更重要。

录音是一件很枯燥的事情。熟悉我的朋友可能知道，我常常独来独往。

白天是不能录音的，车水马龙的声音，会影响录音质量。我一般录音都选择在深夜，除了我之外，一个麦，一台电脑，我对着稿子先是反复念上几遍，感受一下情感，再录一遍，听一下自己读得好不好，紧接着纠正上一次不好的地方，周而复始。

录音是一件很枯燥的事情。

熟悉我的朋友可能知道，我常常独来独往。

我只想保证，留给你们的，都是最好的。

作为个人，我很渺小，不能改变这个世界什么，只能做到不被这个世界改变。二十多年的人生里，我最骄傲的一件事，就是从选择声音行业到现在，自己从没有变过。想要保持一颗初心是很难的。我有很多同学，当初热爱这个行业，后来转行了，做起了生意，干起了财务，真正坚持下来的并不算多。

所以，我想告诉那些站在人生分岔路口的小朋友：

沉下心，深呼吸，认真地想一想，到底自己是否真的希望以后走上这条路。

如果你肯定自己的心，那就去做吧。

梦想这东西，只要你肯去努力，总会开花结果，只是时间长短罢了。

我这个人也是喜欢报喜不报忧的，自己常年在外，最早的时候在北京，然后辗转了好几个城市，现在都有些数不清了，兰州、镇江、福州、南京然后又回到北京。短短几年里，好像把我们国家大大小小的城市都跑得差不多了。

_ 望归来时，我仍是你的白衣少年

好笑的是，因为怕爸妈担心，我就一直告诉他们，我在北京工作。

有的时候我明明人就在郑州和人谈工作，过年了，到了该回家的时候，我爸要开车到新郑机场来接我。我赶忙查了一下北京飞郑州航班，拎着行李箱，从郑州市区打车到新郑机场，然后特意从航站楼出来，做出一副风尘仆仆的模样。

早两年的工作换了又换，没有固定的地方，可以算得上是四处漂泊了。

尤其是刚毕业的时候日子过得艰难，但是不敢跟家里说，也不愿再向家里要钱。

当时在新乡的电台，实习的工资就八百块，租了三室一厅，和同事一块儿，一人三百块，话费两百，剩下的钱吃饭，可能连吃饭都不大够。日子过得紧巴巴的，整天想着怎么省钱，去超市还要比较哪个酱油更便宜。所以那个时候我还是没什么自信，工作四处碰壁，世界这么大，这么美好，怎么就没有让我有片瓦遮顶的地方。

结果屋漏偏逢连夜雨，我和当时的总监还闹了别扭。

沉下心，深呼吸，
认真地想一想，
到底自己是否真的希望以后走上这条路。

_ 望归来时，我仍是你的白衣少年

也是年少气盛，刺头儿。总监说我漏播了一条广告，要扣我五十块钱的工资，我当时就急眼了。一个月总共就八百，你还要扣我五十块钱，这不是明抢吗。然后深呼吸，站起身，告诉那总监："成，爱扣多少扣多少。爷，我不干了。"

难得硬气一回。

可是硬气总是要付出代价的，我毕竟没找好工作就离职，那些天整天蹲在小屋子里，简历雪花一样地投出去，却都石沉大海。说出来不怕你们笑话，室友当时问我找好工作了吗，我也抹不开面子，还告诉他说，好多家公司抢着要我，只是我觉得待遇不好没去。

其实哪里能啊，那时候内心那个焦灼，现在想来还是觉得挺难过的。

可我一直明白一个道理，逆境让人成长。

不过皇天不负有心人，很快我就收到了江苏镇江的交通广播的副总监的邀请，说他听了我的样音，觉得不错，问我肯不肯去试试。待遇一千五，比我在新乡要好，那时候挺乐观，心想这还多了七百块，于是连夜坐火车去了镇江。

我作为一个北方汉子，还是挺喜欢那种江南水乡的，总感觉从小巷里会走出一个穿着旗袍撑着油纸伞的姑娘。青石板，天青色的瓦片，大片大片的白墙，很浓的南方气息。

在那里我认识了第一个要好的室友。

说来也是巧合，我刚来，没地方住，镇江也没熟人，只能拜托中介找房子。我就坐在中介小哥的电动车背后，整个城市转悠，后来找的房子一个月还得一千二，我心想我一个月也就一千五的工资，剩二百我能做什么，又不能喝西北风去。正好公司来了另外一个实习生，也是河南的，我一听老乡啊，就觉得特别亲切，后来一人六百，咬牙就把房子租了下来。

但是好景不长吧，我的声音在大学的时候老师就说了，不适合录新闻，老师说我声音太柔太多感情，应该要正式一些。但我不是不会，而是不愿意，那句话怎么说来着，天生反骨。我觉得每个人的声音都有自己的特色，如果照本宣科，声音就失去了原有的意义。

要做，就要做独一无二的。

同样的问题反映在工作上，台里明显更喜欢我室友的声音，他声音浑厚有力，做广告就特有力度。我与他一人录一条，

你们不知道,我虽然没有说出口,
其实是你们的肯定伴我走过了我最颠沛流离的日子。

领导们也总喜欢他的。但好在我们两个并没有因此有什么嫌隙，实习期间还一起去超市买白菜，煮泡面，日子过得苦，但很有意思。

可惜到了最后，台里说四个实习生，只能留下两个。说到这里，你们应该都知道结果了吧。

我又被刷了。

那个时候说大家开个欢送会，四个实习生一起吃了一顿火锅，那顿饭吃得百味杂陈，如何描述心情呢，冠冕堂皇的话所有人都会说，只是我觉得太疲惫了。为什么要离开的总是我呢？

我性格里有自卑，但是骨子里其实还是很要强的。

很多人都说，你不是名校毕业吗。是啊，所谓的名校毕业，在工作面前却什么也不是。

刚开始我觉得那些寂寂无人的夜很难熬，可这也是我开始录网络节目的原因，我的日子已经这样艰难了，或许可以用自己的声音，给那些同样艰难失望绝望的人带去一些安慰。

望归来时，我仍是你的白衣少年

起初也只是在朋友圈做一些推广，365 天，天天录稿子，一天不停。渐渐发觉有人肯定，有人喜欢。总有听众朋友说，程一谢谢你，你陪伴我走过了一段很艰难的时光。但是你们不知道，我虽然没有说出口，其实是你们的肯定伴我走过了我最颠沛流离的日子。

这就是我，痛苦过，徘徊过，绝望过，想要放弃过。

我不是什么盖世英雄，没法踏着七彩祥云来迎娶你，却能够在你睡前陪伴你。

承蒙厚爱，得你喜欢，我三生有幸。

十年饮冰，终究难凉热血。

你们总是好奇我的故事，我也总是讳莫如深，这些经历，在当初看来，都像一个个难以跨越的坎，现在回看，都是我的财富。

我会带着所有的喜欢，一路向前，望归来时，仍是你的白衣少年。

PART
02

你的故事

我是你的久别重逢，
你是我的朱砂痣

文 / 流沙宗主

01

晚上十点二十分，中度感冒的我戴着口罩，拖着一个小行李箱，坐上了开往长沙的 Z247 列车。

去长沙是早就既定好的计划，奈何我在出行之前患上感冒，原本想调整下出行计划，等感冒好了再去，但是车票、酒店都已经定好了，钱也付了，箭在弦上不得不发。

列车上人来人往,环境嘈杂,有点像闹市。我浑浑噩噩地找到自己的位置,放好行李,整个人慵懒地趴在了桌子上沉沉地睡去。

待我醒来时,已经是凌晨三点多,抬头望了望车厢,舟车劳顿的路人们早已进入了梦乡。

虽然昏睡了五个小时,我依旧感觉有些头昏脑涨,便准备从包里拿出感冒药吃下,却在不经意间一眼瞥到了放在旁边的桌子上的一盆小型仙人掌。这让我一时有些失神,那于我,真是满满的回忆。

盯着仙人掌看了一会儿,我立马看了看旁边座位上的人,想确认下这盆仙人掌的主人是不是我朝思暮想的丫头。

可惜,姑娘是趴在桌子上睡的,我没有看到面容,但我知道她不是我所熟识的丫头,因为她留着一头波波头,而不是我记忆中好看的锁骨发。

从包里拿出感冒药吃下后,我又昏昏沉沉地趴在了桌子上,一边想着两年前的事,一边迷迷糊糊地欲睡不睡。

记忆如同柚木制作的家具一样历久弥新,一切恍如昨日。

待我醒来时,已经是凌晨三点多,
抬头望了望车厢,
舟车劳顿的路人们早已进入了梦乡

02

两年前,我还是一个才工作了一年的穷小子,没房没车,月光族一个。

而丫头就是在那个时候走进我的生命中的,她像向日葵一样,给一无所有的我带来了无限生机,更在我疲惫的时候给我传播着正能量,鼓励我、安慰我,让我继续前行。

是啊,我的丫头就是这么好,可我却把她弄丢了。

我和丫头是大学校友,我比她大一届,是她的学长。

我们原本只是存在于QQ好友列表里的陌生人,从没说过话,我对她也没什么印象可言,甚至都不记得她长什么样子,为什么会存在于我的好友列表里。

后来与丫头熟识后,她才告诉我,我们都是系青年志愿者协会的一员,而我当时是协会主席,为了建群才会添加每个成员的QQ,也因此,我和丫头互成了QQ好友。

据丫头所说,我们从大一的时候就是QQ好友,但一直没有说过话,也没正式认识过。她对我也一无所知,只是经常

— 我是你的久别重逢，你是我的朱砂痣

会听协会里其他人提到我人不错，很喜欢乐于助人。如今想来，这大概也是我和丫头会熟识的原因。

两年前，丫头大学毕业来杭州工作，因为没有找到合适的房子，只能一直住在求职公寓。那时她刚来杭州，也没什么朋友，她听说我也在杭州工作，就在QQ上找我帮忙，想让我帮忙问问有没有什么朋友正好要招室友，且房租又在她能接受的范畴内。

了解了她的基本情况后，我看她一个小女生在杭州初来乍到挺不容易，由此想到我当初来杭州的时候的艰辛，所以很爽快地答应了她的请求。

03

那时我一个女同事家里刚好有一间小阁楼空着，房租并不是很贵，有空调，有WIFI，但没有洗衣机和冰箱，我问丫头要不要租。丫头听后噼里啪啦地讲了很多，她说一个人住刚刚好，她们公司提供午饭，晚上随便吃点就可以，衣服手洗就好了，只要有空调和无线就没什么问题，最重要的是这个房租对于刚参加工作的她来说是可以承受的。

在此之前，我对丫头的了解并不深，但此时此刻，我隔着手机屏幕都能感觉到她是一个特别容易满足的女生，而在我心里则将她认定为傻白甜的那种类型。

确定丫头要租房后，我在QQ上问她，需不需要帮忙搬家。她很高兴我能帮她搬家，并说正好搬完家请我吃饭。但是当我周六赶过去的时候，才发现其实根本没啥可搬的东西，丫头所有的行李只有一个拉杆箱和一个小背包。

我疑惑地问她没有被子什么的吗。丫头笑嘻嘻地说："被子什么的我还寄放在邮局，没有去拿呢，等我安顿下来我再去邮局取。"

看着她笑嘻嘻的样子，我心想丫头真的如我预想的一样呆萌，一米六五左右的个子，不瘦不胖，身材很匀称，剪着齐刘海，单眼皮，圆脸。那天她穿着一件印有猫咪图案的白色T恤和一件牛仔背带裙，走起路来摇摇晃晃的，那样子真像极了企鹅，煞是可爱。

那一刻，我清楚地意识到丫头是我喜欢的类型，所以我才会这样不露声色地靠近她。

领着丫头到同事家的小阁楼看了看，丫头很满意，当场就跟

在不经意间一眼瞥到了放在旁边的桌子上的一盆小型仙人掌。
这让我一时有些失神，那于我，真是满满的回忆。

同事签了租房合同，交了两个月的房租和押金。

同事走后，我帮着丫头擦了桌子，拖了地，她简单整理了东西，就带我去楼下的小炒店吃饭。

04

我知道丫头刚交完房租，估摸身上也没剩多少钱了，就打着要尽地主之谊的口号说请她吃饭。

但是丫头太实在，说滴水之恩当涌泉相报，我这次又是帮她找房子又是帮她搬家，她一定要请我吃饭才对，不然晚上会睡不着。

我拗不过她，就象征性地点了三个素菜，结果被丫头一把夺回菜单，又加了两荤一汤。幸好那家小炒店的价目表不是很贵，我们点了六个菜也不过一百多块。

吃完饭后，丫头说她要去邮局取被子，我提议和她一起去，却被她婉言拒绝了。她说我已经帮了她太多，不好意思再麻烦我，便一直把我往公交站推。和刚才要请我吃饭的固执劲

我是你的久别重逢，你是我的朱砂痣

儿一样，好像只要是丫头决定了的事，她都会坚持己见，从不会被别人的意见左右。

起初我只是觉得丫头固执，后来我才明白，她那不是固执，而是"傻"，一个在心里认定了一个人就会义无反顾地付出，不管结果如何的"傻丫头"。

那次搬家是我和丫头的第一次见面，也是互生情愫的开始。我喜欢丫头，但我从不表现出来，只是会秒回她的消息，会格外关注她，会找各种理由和她一起吃饭。而丫头喜欢我却表现得很明显，她会很直白地跟我说："学长，你人好好啊，我好喜欢你啊，你是我的精神食粮。"

丫头第一次跟我说喜欢我的时候，我以为她是在开玩笑，因为我觉得像她那样傻乎乎的姑娘如果喜欢一个人应该是后知后觉的，可是她却在我们认识不足两个月的时候就向我吐露了心声。

我说不信的时候，她还用 A4 纸做了一个示爱牌给我，就差在我公司楼下举牌示爱了。这让我就相信了她的话，但是我没有明确表态，既没有拒绝也没有接受，只是给了她一个模棱两可的答案——"我们，慢慢来吧。"

其实，我有时候也搞不懂自己，明明心里喜欢得要命，但愣是不表现出来。可能我就是所谓的"作男"吧，所以才会在后面一而再、再而三地想把丫头从我的身边推开。我觉得现在的自己还不够好，没房没车，给不了丫头稳定的生活，我不想她跟着我吃苦，也不想她陪我颠沛流离。

05

我以为我那样的答案会让丫头沮丧几天，没想到丫头还是一如从前，该怎样对我还是怎样对我，该关心我的时候还是会关心我，找我吃饭的时候还是会像从前一样狼吞虎咽，该说笑的时候还是会不顾形象地在我面前喜笑颜开。

她总是这样，在我面前展示着最真实的自己，而这恰好也是我喜欢她的原因，只是她一直不知道，而且，大概以后也不会知道了吧。

丫头每次回家都会给我带些家乡特产，她知道我喜欢吃鱼，还特意买了厨具回来练习厨艺。我过生日的时候，她是第一个在零点送我祝福的人，在我情绪不好的时候也是她在我身边开导我、安慰我。

我是你的久别重逢,你是我的朱砂痣

她总是在不知不觉中为我付出很多,这让我不禁有些愧疚,我对她好像从来没有做过什么特别的事,而她却尽心尽力扮演了一个好女友的角色。

时间长了,丫头对我越好,我对她的愧疚就会越多一分。情商高的男生会将这样的好转化成动力,努力工作,以期在未来给她一个美满的生活。而情商低的男生则会把这样的好当做负累,觉得自己配不上她,而应该把她推给更好的人。

很不幸,我是后者。

在我和丫头认识大半年后,我从丫头眼中那个温暖如太阳的学长转化成了一个有点神经质的作男,一言不合就让丫头离开,甚至为了让她离开,我会故意说上一些难听的话,做一些过分的事。

这种只有在偶像剧里才会上演的虐心剧情,我却把它用在了真心待我的丫头身上,并将它发挥得淋漓尽致,以致于在丫头离开后的无数个日日夜夜里,我都对自己的所作所为感到后悔和自责。

可惜,这个世界上没有后悔药,也没有时光机,已经发生的事实谁也无法重新选择。

06

第一次推开丫头的时候,我跟她说:"我喜欢高高瘦瘦、长得肤白貌美的女生。"

丫头听了后,连着问了我三个问句:"我矮吗?我胖吗?我黑吗?"

我违心地点了点头,以为她会头也不回地离开,谁知她却说了一句:"我会减肥和学会化妆,然后如你所愿。"

在这之后,丫头果然认真减起肥来,每天都会在朋友圈晒她的运动打卡记录,而且一向喜欢素颜的她开始涂起了 BB 霜。

两个月后,丫头的体重已不足百斤,她笑靥如花地站在我面前,问我现在可不可以做我女朋友的时候,我竟提出了一个让丫头无能为力的理由,然后头也不回地走了。

我跟丫头说,我的父母希望我找一个老家的姑娘结婚,而且他们已经有了人选,打算让我过年回去相亲。丫头听后,立刻眼含泪花,我知道这下她一定死心了,为了表现得更加狠心,我假装看不到她的眼泪,无关痛痒地离开了。

可惜，这个世界上没有后悔药，也没有时光机，
已经发生的事实谁也无法重新选择。

自那之后，丫头就再也没有出现在我的面前，我以为她要从我的世界里消失了，也暗自神伤了一段时间。可是两个星期之后，一向活泼开朗的丫头面容憔悴地出现在了我的面前，眼神坚定地告诉我："就算你父母不喜欢外地姑娘，我也要在你的身边做个逗号，哪怕我只是你的摆渡人。"

看着丫头如此坚决，我真想拥抱住她，告诉她我也爱她，但理智却告诉我不可以。所以我只能强忍住心疼，若无其事地对丫头说了句："随你吧。"

丫头见我这次没有赶她走，以为我被她的话感动到，开心地笑了，像个孩子一样手舞足蹈。在这之后的日子里，丫头又像往常一样对我很好，把之前我对她的冷漠都抛到了九霄云外。

可是她对我越好，我越怕自己会辜负她，干脆索性从来不给她希望。于是我又在心里酝酿了一场虐心戏，为的就是让丫头攒够失望，彻底离开我。

现在想来，男人不自信起来真是要命，为什么不去守护爱着自己的女孩，却偏偏要把她推给那些所谓的更好的人，你怎么就知道那就是她真正想要的，又怎会确定那些所谓的更好的人就一定能够给她幸福呢？

— 我是你的久别重逢，你是我的朱砂痣

在丫头离开我半年以后，我终于悟出这样的道理，方才觉得之前的自己愚蠢至极，却不得不为自己的愚蠢埋单，失去丫头就是对我最残酷的惩罚。

07

一个月后，我将同在杭州工作的堂姐带到了丫头的面前，冷冷地对她说："我已经有女朋友了，现在你可以去寻找属于你自己的幸福了。"这已是我第三次推开丫头，也是最后一次。

丫头长叹了一声，说："真好，终于到了我离开的时候了。"

从那之后，我再也没有见过丫头，后来她从同事的小阁楼搬了出去，我也失去了所有关于她的消息，唯一能够知晓的，只有她的QQ签名从"简简单单就好"变成了"一不小心就让眼泪落在了心上"。我知道，这一次，我是真的伤透了丫头的心。

后来，我换了一份工作，开始带团队，学管理，收入比之前翻了一倍多。一切看似都在向着好的方向发展，可心里的落寞却无人能懂。即使我再拼命地工作，抽再多的烟，喝再多的酒，也不能填满我内心的空虚。

自从丫头走后，我仿佛变成了一具行尸走肉，没有灵魂，也没有思想。

可这又能怎么办呢？自己酿造的苦酒只能自己吞咽。

在丫头离开后的第九个月，我一个人去电影院里看了《大鱼海棠》，看到椿的爷爷和奶奶死后分别化作海棠巨树和火凤凰再次相守在一起的时候，我突然想到了丫头。

丫头曾无数次地跟我说，她有一个天方夜谭的心愿，希望自己死后能和爱的人化作生命力顽强的仙人掌，让爱以另一种形式延续下去。

那个时候，我觉得丫头真是一个彻头彻尾的双鱼女，有着不着边际的天马行空。如今细细想来，才发现丫头其实是一个无比深情的人，只是我懂得太晚。

我是你的久别重逢，你是我的朱砂痣

08

正当我陷在回忆里不能自拔时，有人拍了我两下把我叫醒，告诉我长沙站到了。那个人便是坐在我旁边的姑娘，她把我叫醒后就拿着仙人掌下车了。

在我确定她不是丫头后，也收拾好行李下了车，踏上了这个丫头曾说要来旅行的城市。

清晨的长沙，比我想象中的冷，人也比我想象中的多。我站在人头攒动的地铁上，头疼得厉害，便又从包里掰出两粒感冒药，空腹吃了下去。

我乘坐地铁2号线到五一广场，再转乘地铁1号线到达培元桥，又走了十几分钟才到了酒店。办理完入住，我又昏昏沉沉地躺在床上睡去，迷迷糊糊中好像有醒过一次，并用手机发了一条短信。

再次醒过来的时候已经是下午一点，在我拿手机看时间的同时，还看到了一条未读短信，那是我再熟悉不过的号码发送过来的信息。

短信上的文字写着："有啊，你一直是我心里的久别重逢。"

短信上的文字写着:
"有啊,你一直是我心里的久别重逢。"

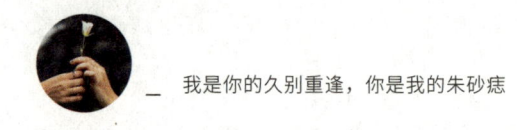

_ 我是你的久别重逢,你是我的朱砂痣

我赶快翻看上一条信息,是我发的,内容是:"丫头,你现在有男朋友吗?"

刹那间,我笑了,夹杂着失而复得的庆幸,将烂熟于心的无名号码添加了一个备注——"我的小女友"。

八月桃

文 / 思维特羊

我和郑桃从小就认识，她爷爷奶奶家在乡下，有一小片桃园。郑桃出生时正逢桃子成熟，郑桃奶奶看着怀里小孙女圆胖的小脸和这满园的桃子挺像，就给她取名叫郑桃，我们都叫她桃子。

桃子很喜欢吃桃子，准确地说是喜欢爷爷奶奶种的桃子。每年从三月开始就有桃子上市了，可是她偏偏要等到八月才吃，因为爷爷奶奶种的是老品种，要到了八月才能成熟。桃

八月桃

子的爷爷在她十六岁那年去世了，奶奶一直住在乡下的老屋里。桃子爸爸好几次想接老母亲来城里都被拒绝了，郑奶奶说总要有人打理桃树的，她身体还好，不要紧。郑桃爸爸拗不过老人家，只好请邻居帮忙照看。

小学毕业后，我和桃子都随着各自的父母来到城里。我们在同一个学校上初中，但是不同班。就在这个情窦初开却又少不更事的年纪，桃子遇上了岳澄，一个有着一双明亮的大眼睛和长睫毛的大男孩。有一次放学的时候，我和桃子一起回家，路过学校边的报刊亭，看见岳澄和他的几个朋友在买游戏点卡，桃子把我拉到一旁，有些害羞地和我说："你看，我说的就是他，眼睛大大的那个。我眼睛不好看，一定要找个那样的，不然以后小孩会怪我的。"我伸头看了看她手指的方向，人太多挤来挤去，也没看太清楚，但隐约感到有那么个人看上去还不错。

随着学习压力越来越大，我和桃子在一起的时候越来越少，也不太清楚她和岳澄之间到底发生过什么故事。初三中考之后的那年暑假，我和桃子一起回农村老家，正逢八月，郑奶奶家的桃园一幅丰收的景象。奶奶年纪大了记忆力不太好，平常又很少有人聊天，见到我们总是有着说不完的却又相同的话。我经常看见桃子和她奶奶坐在桃园里，一边吃桃子，一边听奶奶讲着她年轻时和爷爷在一起的故事。

陶子的爷爷在她十六岁那年去世了，
奶奶一直住在乡下的老屋里。
她说总要有人打理桃树的。

八月桃

"你爷爷年轻的时候可帅了，又有文化，村里好多小姑娘都喜欢他。但他偏偏喜欢我，那时候自由恋爱才刚开始流行，青年男女都很害羞，但他却总是来找我。"郑奶奶说着，脸上浮现出羞涩却又幸福的笑容，仿佛还是一个十七八岁的少女。

"然后呢？就嫁给他了吗？"桃子问。

"后来呀，他说因为我喜欢吃桃子，以后一定为我种一片桃林。"郑奶奶指着眼前这几棵树说道，"我以为他只是说说，没想到真的种了。这个品种好，虽然成熟晚，但是很甜，和外面那些三四月就能吃的不一样。"

最初我也会坐下来和桃子一起听爷爷奶奶的故事，但后来我发现郑奶奶讲的故事有好多内容都是重复的，于是觉得无趣，能躲就躲。但桃子总是不厌其烦地听着，而且每次都像第一次听到似的，还总是问这问那。

我说："桃子，你耐心真好。"

桃子说："我妈妈说奶奶年纪大了，又很少有人说得上话，一个人久了很容易情绪不好。"

"那和她好好说说呗,让她搬到城里来和你们一起住。"

"我爸爸和她说过好多次,她就是不愿意。这片桃林是爷爷为奶奶种的,这里有她的爱情和回忆,要是我,我也不愿意离开。"桃子把手里的桃核往旁边的篮子里一扔,问我说,"你有喜欢的人吗?"

"有啊,我喜欢周杰伦。"

桃子笑了说:"不,不,我说的是现实生活中的人,身边的人,可以在一起的人。"

"没有吧,我有偶像就好了,周杰伦唱歌可好听了。你有偶像吗?"

桃子说:"有呀,我的偶像唱歌也好听,他也唱过周杰伦的《青花瓷》,我好喜欢他。"

我知道她说的是岳澄。在艺术节上,他代表桃子他们班参加学校的歌唱比赛,唱的就是《青花瓷》。"他是身边的人,那你们在一起了吗?"我问桃子。

"我也不知道。"桃子拿着树枝在地上划来划去,"他牵了我

_ 八月桃

的手,还亲了我一下。"

"后来呢?"

"后来就没有了。喜欢他的人挺多,我要变得更好以后再去找他。"桃子扔掉手上的树枝,站起来拍了拍裤子上的灰。远方的太阳慢慢地下沉,最后化成了一团模糊的光,粘在地平线上。直到现在,我都还记得那时桃子脸上的表情,仿佛承载着某种信念。也许是因为爷爷种的这片桃园,或者是奶奶不停重复的故事,让她坚信着爱情的忠贞与美好。

之后的几年时间里,桃子和岳澄再没有联系。三年的高中生活始终顶着高考的压力,我们奔波于各种补习班,与新的人相遇,和旧的人分离,并没有太多欢喜或不舍。这些交集在我们漫长的人生里,可以简单地归纳为四个字——"你好,再见。"

高考之后,我们到了不同的城市上大学,桃子平常省吃俭用,攒下来的钱都用作放假出去旅游,她说反正回家待着也无聊,不如趁年轻出去看看这世界到底有多大。我一直都觉得桃子活得挺潇洒,朋友圈晒着各种吃喝玩乐,见识过各种旅途中的风景和诸多名胜古迹。

大三那年暑假，桃子忽然发微信跟我说她和岳澄在一起了。起初我并没反应过来，毕竟过了这么多年，许多旧时的人早已被我忘记了。但后来仔细想想，记忆里仿佛是有这样一个人，大大的眼睛，长长的睫毛，黑色的校服混杂着初中小男生特有的、稚嫩的成熟。挤在如此的人群里，大家都穿着一样的校服，稍不注意就会被淹没。说实话我真的挺佩服桃子，她居然能从人群中找到岳澄。

初中毕业后，岳澄去了寄宿学校，和以前的朋友基本都断了联系，连电话号码都没人知道。我问桃子是怎么找到岳澄的，她一脸骄傲地晃着手机说："我用微博搜他的名字，就找到了。厉害吧？"

桃子很喜欢岳澄，经常送他礼物，想方设法地对他好，这么多年来感情一直压在心里，或浓或淡，或多或少，却从未消失过。她说和他在一起的感觉，就像脑残迷妹忽然有机会嫁给自己心爱的爱豆，心中那条默默流淌了将近十年的暗河终于有机会迸发，如黄河泛滥，一发不可收拾。

这么多年来，桃子一直努力学习，努力减肥，就希望当回去找他时，无论他混得好不好，她都是他最好的选择。这样，他就会义无反顾地爱她一辈子。岳澄对桃子也很好，看她的时候，温柔的眼神像湖水一般，若没有几分真情，那样的眼

这么多年来感情一直压在心里，
或浓或淡，或多或少，
却从未消失过。

神,绝对装不出来。

如果故事到这里就结束了,那么一切都会圆满。只可惜老天总觉得我们生活得不够精彩,喜欢开开玩笑。

有一天桃子忽然喊我出去喝酒,说是喝酒,其实不过是去酒吧里坐一坐,点上一杯红枣桂圆茶之类的饮料。桃子不喝酒,因为她妈妈说喝酒会影响记忆力,对此她深信不疑。我用吸管搅动着杧果牛奶,抬头看了看她的脸,似乎和往常一样,并没什么不同。

我问桃子:"怎么今天这么有闲情逸致,不用陪你的小澄澄?"

桃子嘴唇动了动,没有说话,拿起手边的桂圆红枣茶狠狠地喝了一口,仿佛是在喝一坛陈年老白干。

"他和我在一起的这一个多月,都没和前女友分手。"桃子的声音有些颤抖,"他居然用着和别人的情侣头像却天天说爱我,妈的。"

她把手上的饮料一饮而尽,杯子重重地往桌子上一墩,能把桂圆红枣茶喝出这种气势的,估计也只有她了。

八月桃

"居然这样？那你打算怎么办？"我真想不到，岳澄居然脚踏两船。

"我也不知道。"桃子低着头，"我很生气，想过要分手，但是又舍不得。"

"算了吧，你能找到更好的。"我摸摸她的头说。

桃子一直低着头，不说话，我看不清她的表情，或许哭了，也或许只是简单的沉默。

桃子并没有和岳澄分手，因为岳澄答应她和那个女生了断干净，以后全心全意只爱她一个人。但是从那天开始我就知道，他们不可能有个圆满的结果。其实桃子也知道，只是她一直都舍不得放手。

接下来的时间里，他们一起看电影，轧马路，吃小吃，一起窝在沙发上看电视，也还算恩爱。大四开学，桃子要回学校，两个城市的距离说近不近，说远也不远，两个半小时飞机或者9个多小时动车的距离。岳澄说会乖乖等桃子回来，带她去吃牛肉面。桃子满口答应。

人们总是以为告别后还会再见，但很多时候等来的却是后会无期。回学校后的一个月,桃子接到岳澄的微信,说要分手。她立刻买了第二天的动车票回去找他,却在四天后无功而返。

"见到了吗?"我问桃子。

"见到了。"

"怎么样?"

"就那样呗。"

我们大学毕业那年,桃子奶奶家的房子因为修路被拆了,桃树也被砍了,奶奶只好搬到了城里。有一天周末我去桃子家找她,郑奶奶正好坐在客厅织毛衣,看到我来很高兴,忙着摘下老花镜去拿茶几上的水果,对我说:"小羊你来啦,来找桃子的吧?她还在楼上睡着呢,这丫头太懒了,一放假就睡到中午,我去叫她。"

"不,不,不用了,谢谢奶奶。让她多睡会儿吧,平时上班挺累的,我在这等等就好。"我一边接着郑奶奶递来的水果一边说。

人们总是以为告别后还会再见，
但很多时候等来的却是后会无期。

"啧，多懂事的孩子，那就先坐下来吃两个水果吧，这有新鲜的桃子。"郑奶奶说着，又递了一个桃子到我手里，"唉，要是我老家那几棵树还在，这些桃子怎么比得过？对了，你小时候也吃过吧？"

"嗯嗯，吃过。"我一边嚼着嘴里的桃子，一边答道，"奶奶家的桃子最好吃，外面的没法比。"

"对呀，我也觉得。"郑奶奶开心起来，"虽然成熟得比较晚，要到八月，但是真的很脆很甜，外面的比不了，比不了的。"她摇摇手，挪了挪身子，把刚刚不小心坐在屁股下的织了一半的毛衣扯出来，抬起头又说道，"你和桃子都老大不小了，准备啥时候结婚啊？"

我不由得心头一紧，忽然间不知说什么好，顿了好久才说："等桃子什么时候愿意嫁给我吧。"桃子不爱我，我一直都知道。至于我爱不爱桃子，我却从来没有认真问过自己这个问题。从小一起长大，我们很了解彼此，互相之间几乎没有什么秘密。如果真的娶了她，我倒觉得自己的人生似乎少了几分轰轰烈烈。可她倘若嫁作他人，我又觉得有点舍不得。

楼上传来开门的声音，桃子醒了，下楼时看见我笑着说："来了也不说一声，偷偷躲在客厅里吃桃子啊？"

_ 八月桃

"是奶奶给我的,哪算偷吃。"

奶奶转过身对桃子说:"不要这么没礼貌,人家小羊不忍心吵你睡觉,在这等了大半晌了。对了,今天的报纸还没拿,我出去拿一下,你们先聊着啊。"郑奶奶一边说着,一边开门出去了。她的用意,其实我和桃子都清楚。但桃子一直装作不知道。我断定桃子不爱我,以她的性格,真正喜欢的东西会用尽全力去争取,就连失联多年,消失在人海里的岳澄都有本事被她扒出来。

"找我啥事儿?"桃子走过来问我。

"也没啥,就是最近《美女与野兽》真人版电影上映了,要不要一起去看?"《美女与野兽》是桃子最喜欢的一部迪士尼动画,她说其他动画片,比如什么《白雪公主》《灰姑娘》都是女主人公碰到了麻烦,等着王子来拯救她们,只有贝儿不一样。她虽然不是公主,却凭着智慧和勇敢拯救了自己的爱人。桃子说她也想成为那样的人。

"要不明天去吧,我有本书读了一半,今天想读完。"桃子说着往沙发上一坐,从茶几下面拿出一本《张爱玲经典小说选》。

"哟,你居然还看这个。"

桃子放下书,抬起头往后一仰笑着对我说:"是呀。张爱玲说,男人一生会遇到两个女人,娶了红玫瑰,久而久之,红的变成了墙上的一抹蚊子血,白的还是'床前明月光';娶了白玫瑰,白的变成了衣服上的一粒饭粘子,红的却是心口上的一颗朱砂痣。得不到的才是最好的,所以我一直都只想做个情妇,最后变成他心口的朱砂痣。可惜又忍不住想在他身边多留一会儿,什么时候变成了蚊子血都不知道。"

她起身随手把书扔在沙发上,我低头看见茶几下层藏着一个烟灰缸,里面有几个烟蒂。桃子家没人抽烟,难道有谁来过?

"没人来过,是我抽的。"桃子看穿了我的心思,接着说,"别担心,没有瘾的,我只是想尝尝。"

桃子一直讨厌抽烟喝酒,她说烟的味道很难闻,喝酒会使记忆力下降。可是岳澄这两样都占了,他们在一起的时候,桃子说绝不嫁给烟枪酒鬼,让岳澄戒掉,而岳澄嘴上说好却也没有真的改变,最多只是在桃子面前收敛一点。以前桃子经常和我说,她相信岳澄一定会改的,只是需要些时间而已,他那么爱她,怎么可能会因为这些小事影响到他们之间的感情呢?

八月桃

可能很多女人都会同时拥有过度的自卑和自信，比如桃子，她常常在自己擅长的事情上畏手畏脚，生怕出一点错，却又在岳澄的事情上显得过度自信，觉得自己那么好，而且对他那么好，他怎会舍得错过。

有些人看上去样样都好，和他在一起时却常常提不起兴趣；有些人满身缺点，却又偏偏让自己爱不释手。桃子以前常和我抱怨岳澄这里不好那里不行，自己却爱到了骨子里。有时听她说得多了我也会觉得烦，就说："这么不满意的话分手算了，重新找个吧。"她又笑笑说："我知道他不好，但是我喜欢呀。他的好和不好我都喜欢。他会改的，他说会为了我好好努力。"

然而最终的事实却很嘲讽，岳澄提出分手，让一直高高在上的桃子忽然间不知所措。她一直想要去改变的人，并没有为她而改变，到头来自己却一头栽了进去。那烟灰缸里她曾经最厌恶的东西，因为和他有关也变得可爱了起来，成了她美好回忆里的一部分。

和岳澄分手后，桃子一直过着潇洒的单身生活，而我和她依旧是好朋友。她说每当想起岳澄那忽然间翻脸不认人的样子就觉得可怕。

"所以你这是对天下男人都绝望了吗？"

"没有啦，我知道有些男人不是这样的。"桃子抿了抿嘴道，"无论遇上多少人，他们心里都只装得下一个，就像我爷爷。那片桃林，那个人，他守了一辈子。"他们的一生经历了太多，从日本侵华到人民公社大跃进，再到"文化大革命"，最后改革开放做生意。他们在如此波折的大背景下过着自己平凡的人生，守护着自己小小的幸福。也许张爱玲说得对，感情经得起风雨，却经不起平凡。在这个没有战争，大多数人都不愁温饱的时代，感情上不弄出点轰轰烈烈的事情，反倒觉得人生太过乏味。

后来我因为工作的原因去了另一个城市，和桃子见面的机会越来越少，有一天她突然和我说要去学喝酒，记忆力太好有时就是一种折磨，不如忘记更舒服。我偶尔也会想，在桃子心里我是一个怎样的人呢？是张爱玲笔下永不知足的人，还是和她爷爷一样的痴情人？她从没评价过我，只是经常对我说："小羊你是我最好的朋友了。"或许在她心里，我既不是渣男也不是忠贞的爱情守护者，只是简单的好朋友罢了。

有很长一段时间，我觉得自己是喜欢桃子的，甚至常常因为思念而无法入睡。但随着时间的推移，这思念已经没有了归

八月桃

路，终点在哪里，我也不知道。时间越久，我就怀疑得越深。我所思念的那个人，那双眼，那个微笑，那种感觉，是否还是来源于她。或许还是她，或许早已换人了吧。时间能抚平伤痛，习惯能填满虚无的时光，我已经习惯了没有她的生活。

再后来，我遇到了我的爱人，她和桃子很像，爱情于我们而言已经不仅仅是一种情愫，更多的是一份责任。我们于千万人之中选择了彼此，这是一种肯定，也是一种信任。我们曾经素不相识，却能毫无怨言地把自己托付给对方，相伴到老。人生并不需要轰轰烈烈，只要平平淡淡，有她就好。

三十岁那年，我收到了桃子寄来的请柬和一袋桃核，她说那是奶奶留给她的老品种桃树的种子，记得我以前说过喜欢吃就送给我一些，有条件的话就种一种，很容易养活。

桃子八月份才成熟，晚是晚了点，但是真的很甜。

时间能抚平伤痛，
习惯能填满虚无的时光。

多想我的未来里有你

文 /ChrisS

今天的爱尔兰，阴转多云，6~8 摄氏度，风很大。如果没有算错，这里应该是步入了春天，你那里呢？你走了有三年吧，许久没与你在梦中相遇，你可安好？

不知为何，最近我的脑海里浮现的，都是你来我这里，我带你参观这异国他乡的风景，带你吃这边并不算好吃、你也不那么喜欢吃的西餐的场景。我甚至都能想到你那不愿麻烦我，但内心又十分欢喜的表情。不能亲眼再见，真是可惜。

你知道吗，你就是我心里那一道永远过不去的坎，那道永远都不会愈合的伤口，不管谁提起你，我都会满含泪水。前几天无聊，去回顾《失恋 33 天》，看见玉兰奶奶走的时候，我趴在桌上，哭到喘不上气。我是满心遗憾的，遗憾没能和你好好说再见。

我还记得最后那次见面，江南一月的天气似乎从来都不曾那么好过，我和你说我想吃你做的咸饭，可手艺很好的你那天却做了一顿很咸的咸饭，咸到发苦，你却大口大口地吃着。当时我只觉得奇怪，碍于下午要去学校也没有多想。去学校的时候，你在阳台收被子，我在门口穿好鞋喊你道别，你却没听见，急急忙忙要走的我想着还有两天就能回来，便没有去阳台和你道别，不曾想在这之后竟是永别。

你走得太突然，让我措手不及。那时，你告诉我的那棵叫"小馄饨"的树，还在冬天的怀抱里沉睡，光秃秃的树干，孤独又凄凉。家里挤满了给你送行的人，我在人群中，身体像被抽空一样，心里像鬼一样打转。我不知道该对他们说什么，不知道该给他们什么表情，不知道是欢迎还是拒绝。我像一个傻子，默然打量这个拥挤的空间，看着每个人做着熟悉又陌生的事。我并不悲伤，但也绝对没有喜悦。那时，我没有情绪，只是机械地在做别人交代的事情，或是认真做完

— 多想我的未来里有你

我可以为你做的最后几件事，烟熏到流泪，跪到出汗。那时的我，麻木到没有知觉。然后把你送走。

2月8日，几乎一夜没睡的我，真的要送你走了。早上5点，天还是漆黑的，裹着厚厚羽绒服的我在车上冷得发抖，经不住困意地睡过去。到了目的地，双腿已经冻僵，没有知觉一样走进了大厅，就这样和你再见了。哦，不，是再也不见。

其实我至今都没能让自己接受这样的事实，每次梦见你的时候我都不会怀疑你的存在。我觉得你是怪我的，怪我没发现你的反常，怪我没和你说再见，怪我时不时和你要小性子，怪我这么大了都不懂事。其实我何尝不怪自己呢？我脑中描绘了太多你出现在我未来的种种场景，组织好了所有我想对你说的语言，可一句话都没能说出来，就没有机会了。我怪自己为什么那么不善于表达，那么不懂得珍惜，可是你却没给我改正的机会。我猜你一定对我失望透顶了，不然怎么舍得就这么放手。

我记得你是很疼我的，从我一出生开始，你就把我当成宝贝。我刚出生那时，奶奶因为我是个女孩子，看了一眼便收拾行李回了老家。而你在病房里抱着我笑得合不拢嘴，逢人

那时的我，
麻木到没有知觉。
直到把你送走。

_ 多想我的未来里有你

就说这个七斤多重的胖外孙女有多可爱。其实婴儿一出生都是皱巴巴像小老鼠一样,哪里看得出可不可爱呢?但你就是不舍得放手,也不舍得长时间不看见我。

后来我慢慢长大了,到了不肯吃饭的年纪,你为了让我吃饭而追着我满屋子跑。你有高血压,在烈日炎炎而空调还不盛行的夏天,满头大汗地和我在屋子里玩捉迷藏,还要耐心地哄着我吃完碗里的饭,往往等我吃完了你才开始吃,随便吃两口便要哄着我睡午觉。

小时候的我特别调皮,却最喜欢跟着你。有天晚上你去倒垃圾,我悄悄地跟在你后面,没想到一只大狼狗扑向了我,我吓得呆住了,都忘记了哭,站在原地都不敢出声。你回头看见吓傻了的我,吼退了扑在我身上的狗,紧紧抱住我,一边安慰我,一边又责怪我干吗跟着你跑出去,还怪自己怎么就没看见身后的我。受了惊吓的我晚上发起了高烧,你便在我身边陪了一晚,给我用冷水敷额头,喊我醒来吃药,一宿没有合眼。直到第二天我烧退了去,你才安心。

那时的你还在市场做管理员,白天爸妈没时间带我,你就把我带去上班,整个市场的人都知道我。我跟在你屁股后面狐假虎威,嘴甜的我一会儿从这个爷爷那里拿了只鹌鹑鸟当宠物养,一会儿又从那个奶奶那里拿到了好吃的草莓,你总是宠溺地笑笑,告诉我下次不能再拿并带着我去道谢。

妈妈觉得你每天带着我很辛苦,就提议送我去幼儿园。第一天去幼儿园的我以为你不要我了,哭得撕心裂肺就是不愿意去。你心疼地抱着我说我们不去了,妈妈坚持送我进去,但你抱着我就是不放手。没辙,幼儿园最小的孩子第一天就在你的支持下翘课了。

小时候的我超级依赖你,睡觉要你陪着,饭要吃你做的,去幼儿园要你送,你一直宠着我,宠到连妈妈都拿我没办法。再后来啊,我变成了一个不听话的孩子,我学会了和你吵架,现在想起来觉得自己真的有些过分。我记得有一次我发脾气,把你最喜欢的一支钢笔摔了,你发了很大的火,气得满脸通红,强忍住快打到我脸上的手,然后你捡起那只钢笔,自己默默地心疼了好久。

可是你生气归生气,还是做好了饭喊我吃。那时候的我还在和你较劲,生气你居然要打我,就是不肯吃饭。你就在我房门口一遍又一遍地喊我,把饭菜热了一遍又一遍。现在想起来,那时候的我还真是浑蛋。

我第一次真切地感受到死亡离我有多近，
而我的力量有多渺小。

你这个人心特别软，还记得家里刚养小狗的时候，它天天都在阳台上乱叫。你每次去阳台上装作要打它，却迟迟都下不去手。你特别喜欢口是心非，明明不舒服却总告诉我们你没事，明明喜欢小狗却装作嫌弃它的样子，明明很想我，却不愿来我梦里告诉我。别问我怎么知道的，你口是心非的时候我们都知道。

我记得你第一次生病是在我小学六年级的时候。那天老师莫名放学特别早，还没有钥匙的我回到家怎么敲门都没人开。我以为你不在家，就坐在楼梯上等，过了一会儿家门突然打开了，我看见你扶着墙在吐。当时的我吓坏了，赶紧把你扶进房间让你躺下来，然后给妈妈打电话。妈妈赶回家打了120把你送去医院，医生说是脑溢血，再晚送来一会儿都会没救。后来学了这方面知识的我才知道，那时候你过来给我开门是费了多大的劲，冒了多大的危险。

做完手术的你一直昏迷不醒，我去医院看你，在病床前喊你，我说你不要我了吗，怎么也不醒过来看看我。不知道是不是你昏迷的时候听见我说话了，第二天你就醒了。出院回家后，你一直说是我救了你，其实我知道，你放心不下我这个小屁孩，怕你走了妈妈照顾不好我。

_ 多想我的未来里有你

出院后的你恢复得很好，好到连医生都觉得是奇迹，你能照常给我们做饭，照常和小区里的爷爷奶奶出去散步，甚至还能去跳跳广场舞。但你第二次生病却在我高一时候再次发生了，心脑血管疾病真的像一个隐形杀手。你前一天还因为不放心住校的我生病，坐了一个小时的公交车给我送感冒药，第二天就突然倒下。妈妈当时瞒着我不和我说，周末放假才敢说实话。我去医院的ICU，看着身上带着各种仪器昏迷不醒的你，哭了。

我第一次真切地感受到死亡离我有多近，而我的力量有多渺小。我看着昏迷中痛苦的你，却无能为力。当时我多想受苦的人是我啊，这么好的外婆为什么要受这么多苦。说来也怪，又是我去看你的第二天，你醒来了。不过这次的你恢复得没有那么好，你开始忘记事情。有时候是忘记关煤气，等到东西烧焦了你才想起来；有时候甚至忘了怎么说话，但是你一看见我就会笑，还不停地喊我的小名。妈妈说你真坏，自己女儿的名字都不记得了，却记得外孙女的名字。你听了只是憨憨地笑，眼神却不从我身上离开。

后来你去康复训练，慢慢地，血压血脂都降了下来，人也精神了。那时我上了高三，为了高考每天深更半夜还在看书。你心疼我，经常是我几点关灯，你几点才安心去睡，而我还没起床，你却起来给我做了早饭。我不聪明，成绩一直不好，老师都怕我考不上大学。高考成绩出来的那天，你甚至比我还紧张，在家里走来走去。等知道我考上了大学，你高兴得哭了，你说你也不知道为什么哭，其实你是高兴啊。我知道你心里的一块大石头放下了，喜极而泣大概就是这样吧，如果我变得优秀你也会很开心。

还记得吗，你送我进大学的时候，说我的大学好漂亮。我们说好，到了春天，我们来这里拍照。我还和妈妈说，等到了春天你过66岁大寿的时候，给你好好办一场寿宴。那时候的你身体状况特别好，血压和血糖在不吃药的情况下都稳定在一个正常的范围内，我和妈妈都觉得可以放心了。但我怕你血压突然升高，还天天叮嘱你如果觉得不舒服就打120，然而你的不舒服我却丝毫没有察觉。你总是怕给我们添麻烦，什么事都自己忍着。过了很久我才知道，高血糖和高血压的人如果突然血压和血糖回归正常值甚至偏低时，更应该值得注意。

我们计划好好的，谁知你在冬天的时候再次倒下了，甚至都不愿意等到我20岁的生日。我知道第三次生病能够被救下的概率很低，但我不甘心，老天也许会网开一面，让你享享清福再带你走。可是老天并没把你留下来，也许它觉得你太

老天并没把你留下来,也许他觉得你太辛苦,
不忍心让你再遭受病痛的折磨。

辛苦，不忍心让你再遭受病痛的折磨。

我一直觉得是我的错，也许你做核磁共振的那天我没偷懒赖床，和妈妈去医院看你，你就不会走了吧。我觉得你是生我气了，气我偷懒不去看你，你那么痛苦，我却偷了懒。风水大师说你的魂那天就已经不在了，一向不迷信的我还是会怪自己，是不是我去看你，你就不会急着走呢？你就不能再等我几年吗？我都想好了挣到第一笔工资给你买什么，交了男朋友也要带回家给你看，生了宝宝要让你给取小名，你怎么说走就走了呢？

你在我尚好的青春中留下了浓墨重彩的一笔，却没有能够看着我从丑小鸭蜕变成白天鹅。

外婆啊，国外的风景和国内的不一样呢，这边的房子不高，你可以看见蓝天和星空。我这里靠海，你最喜欢大海了不是吗？外婆啊，我要毕业了，要穿学士服了。你在那边过得还好吗？你在天上可看得到我？外婆啊，我想你了。你想我吗？

我胸小脾气大,你喜欢我干吗

文 / 岸上行走的鱼

"滚!"

在我给大波发出这条只有一个字的短信以后,不出一分钟的时间,这厮的电话就来了。

"我准备登机了,马上就要滚到你身边了,我们三个小时后见,乖。"

说完后他就把电话给挂了，留下我一个人对着手机里的嘟嘟声消化他刚刚说的话。

大波是我男朋友，我从未没想过要和他结婚的那种男朋友。

01

用我闺密的话说，像大波这种不喝酒不抽烟，微信联系人里的女生不超过 5 个的男生肯这么喜欢我，我要是不好好珍惜，死了以后肯定上不了天堂。

可我是一个没有宗教信仰的人，要上什么天堂啊。

我是在和大波认识的第七年，才成了他的女朋友，在这七年里，我们隔着 1000 公里的距离，他和高中时喜欢的女生断不清，我在初恋带来的阴影里走不出。

我的初恋是一个标准的双鱼座男生，温柔浪漫，最重要的是与巨蟹座的我，十分地合拍。在屌丝横行的大学里，他不仅篮球打得好，吉他弹得棒，甚至就连通下水道的速度都比别的男生快。我很喜欢他，但他一般喜欢我。所以在他给我唱

我胸小脾气大，你喜欢我干吗

到第一百二十八首歌的时候，我们分了手。

一个在我的生命里确确切切存在过的人，说消失就消失了，我虽然没能因此日渐消瘦，但也真的有整整三个月的时间没有睡好觉。失眠到特别厉害的时候，我就去听程一电台，然后咬咬牙发誓，下一次谈恋爱一定要避开双鱼座的男生。

大波是在我失眠的第一百零二天出现的，我记得很清楚，那天我刚从操场跑完步后准备回寝室，刚到寝室楼下就看到我的前男友正抱着一位我认识的学妹亲得火热。我发誓，我当时的第一反应真的不是愤怒，而是害怕，我害怕他们也看到了我，所以我只给了自己30秒的时间，就从事发现场撤退，到了寝室我才发现自己竟然流了满脸的眼泪。

那天晚上我压根没办法闭上眼睛，只能疯狂地刷着朋友圈和微博，直到凌晨三点，我看到大波在朋友圈分享了一首歌，是梁静茹的《没有人像你》，我才听了一半，就给大波发了一条私信。大波说这是他这辈子收到的最让他手足无措的私信，因为我当时给他发的是，你特么是不是有病啊。

我很喜欢他,但他一般喜欢我。
所以在他给我唱到第 128 首歌的时候,
我们分了手。

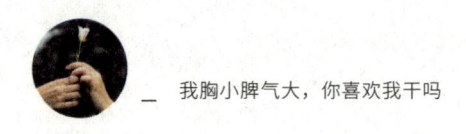

02

大波没病，有病的是我。

梁静茹那首歌有一句歌词是这样的：在深夜喃喃自语没有人像你，一句话就能带来天堂或地狱，你太懂得我，感动我从不费力，要伤我就更容易。

失恋的人就是这样的，听什么都像是在说自己，所以我蛮不讲理地骂了大波一顿，微信那边的大波见我这么骂他，立马慌了，立刻回我说，小鱼，你怎么了？

我自然没有告诉他我怎么了，但是从那以后，大波每天晚上都会给我发一个笑话过来，有的特别好笑，有的特别地不好笑。

我问大波："你哪来的这么多笑话？"

大波回我说："我妹有一本笑话大全，我用一盒巧克力找她换的。"

对于他的这个回答，我特别想当面翻个白眼给他看，但是他看不到，所以我只能回他一句：滚。

要知道比起笑话，我更想吃巧克力啊。

大波的笑话大全还没发到一半，我的前任就和那个小学妹分了手，还加回了我的微信，像是什么都没发生过一样问我，周末有没有空，好久没一起看电影了。我冷哼了一声回他说，不好意思，我周末要和男朋友约会，没空。

我哪有什么男朋友啊，我不过是有骨气而已。

大波在听说了这件事以后一本正经地对我说，好马不吃回头草，我相信你是匹好马。

其实我不是什么好马，我只是被伤怕了，不敢再随随便便地就豁出一切去爱了。

03

大波第一次来我在的城市，是在 2015 年的儿童节，距离我失恋整整过去了一年又一个月。这是我高中毕业后第一次见大波，他高了点，黑了点，胸又大了点。

— 我胸小脾气大，你喜欢我干吗

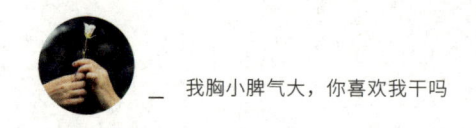

我从机场接到他以后领着他到我们学校附近吃了碗皮肚面，然后问他："你来干吗啊？"

他在碗里放了勺辣油后边搅拌边回我说："我放假了啊，准备在南京找个地方实习。"

大波的实习单位找得很顺利，我们之间的距离从原本的 1000 公里变成了三站地铁。每天下班后他都会来我学校找我蹭饭吃，为此我的生活费都紧张了不少，只能我自己少吃点。就这样一个月后，他胖了五斤，我瘦了三斤，对于他这样的行为，我真的是无力吐槽。

在大波来南京的第三十一天，迎来了我第四个 18 岁生日，想起上一个生日，前任还在宿舍楼下给我摆蜡烛唱情歌，而如今，我竟然只能和一个胸比我大的男人一起过，我就感到悲哀。

大波给我买了一个丑到爆的比基尼蛋糕，上面写着：仙女鱼生日快乐。

俗，俗不可耐，吹蜡烛的时候，他还说了一句："加油，希望明年这个时候你的胸能比我的大。"

哎哟我这暴脾气，这次我终于可以当面向他翻白眼还能附送他一句"滚"。

"不滚了，好不容易滚得离你近点，你还想我往哪滚。"

04

我问过大波，你怎么会喜欢我啊，像我这种胸小脾气大的人，是不配谈恋爱的。

大波回我说，我特么要是知道自己怎么会喜欢你，那我就可以想办法不喜欢你了。

所以有时候你别看理工男呆，但是说起话来，也还蛮有一套的。可是就和大波不知道自己为什么会喜欢我一样，我也不知道为什么自己就是对大波没什么感觉。

我在过完生日的第二天，把黑名单中的前任放了出来，翻了一遍他的朋友圈，发现他不知道什么时候又交了一个女朋友。这次的质量显然比上次的学妹高多了，发型是我喜欢的，穿衣风格我看着也蛮顺眼，在给他点了赞以后，我默默

我特地把梁静茹的那首歌又找出来听了一遍,
这次我没哭,也没有一闭上眼就想起他
曾经抱着吉他给我唱情歌的样子。

地把他又重新送进了黑名单。

在做完这一套动作以后,我特地把梁静茹的那首歌又找出来听了一遍,这次我没哭,也没有一闭上眼就想起他曾经抱着吉他给我唱情歌的样子。我大概是真的不喜欢他了吧,否则为什么我竟然会有点希望他能和刚刚我点赞过的照片里的女生好好在一起。毕竟也老大不小了,总不能一直不负责任吧。

生日事件过后,大波像什么都没发生过一样继续找我蹭饭给我讲笑话,我有些为难,但实在不知道该如何开口对他说你还是回去吧。

大波是真的了解我,最后还是他先打破了沉默说:"小鱼,你是不是嫌弃我吃得太多了?"

我听后赶紧摇摇头说:"不不不,吃得多胸才能发育得好,你多吃点。"

大波这才笑着说:"那应该你多吃点,我少吃点才对。"

他这句话说完后我恨不得咬断自己的舌头,我的伶牙俐齿呢,我的能言善辩呢,人家又没说让我一定要给他什么答复,我紧张什么。

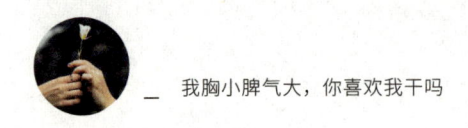

05

但大波还是走了，他跑去西藏玩了一圈，把自己晒成了非洲土著，然后整整三个月没有联系我。他的朋友圈比他的脸还干净，除了之前分享过的一首歌，还有我生日那天他发了一条生日快乐就再无其他。

我从未问过他为什么那天凌晨三点还没睡，在朋友圈分享那样一首歌，我也没有问过他为什么走之前都不跟我说一声，竟然还用写明信片这么土的方式告诉我他在布达拉宫晒着太阳。

我跟我妈说："有一个男生对我挺好的，但是我貌似伤到人家了。"

我妈那会儿正在玩开心消消乐，头都没舍得抬一下，就问我说："哪里人？属什么？家里是做什么的？"

我想了想回她说："我高中同学，好像是属鸡的，家里是做什么的我就不清楚了。"

这回我妈倒是知道把游戏停下来了，一脸严肃地回我："属鸡的不行，跟你的生肖不合。"

我耸耸肩表示无奈后便不再说话，你看啊，大波，我们大概是天生不合。

因为曾失去过一个每天都会给我唱情歌的男生，所以再失去一个每天都会给我讲笑话的男生，对于我来说，已经不再是一件多大的事了。

我继续上我的大学，为即将到来的毕业做着准备，每天晚上睡前都要听程一电台，然后把节目下面所有的评论都看一遍。看到大波的评论的那一刻，我一直觉得是我眼花了，可是除了他，我不相信这个世界上还会有人给自己取名叫"胸大好烦恼"。

大波的评论十分地欠扁，他说，我喜欢的女生在与我一千公里之外的南京，如果这条评论被赞超过520次，我明天就去找他。他的那条评论被赞了1000多次，但是他依然没来找我。

哎哟，我这暴脾气。我实在忍不住了，给他发了条微信说，想红想疯了吧你！大波回我微信向来是秒回，但是这次他过了很久才回我说，对不起啊，我是真的想去找你，但是我怕你不开心。

和大波谈恋爱的这段时间里,我对他说过最多的话就是滚,但是他从来都不生气,这让我偶尔会觉得很内疚。

06

我说不上是开心还是不开心,但我还是答应了大波,和他试试。

和大波谈恋爱的这段时间里,我对他说过最多的话就是滚,但是他从来都不生气,这让我偶尔会觉得很内疚。闺密说感觉我没有那么喜欢大波,这对他不太公平。我想了想觉得她说的话在理。

我好像的确没有那么喜欢大波,所以他送我的花,我在拍了照发了朋友圈以后,就拿去给办公室的同事分了。所以他说他高中时暗恋的那个女生竟然主动加了他的微信,但是他没有接受以后我也没觉得吃醋。所以他跟我商量着未来他要在哪里买房的时候,我对此也没有过多的热情。

一想到自己好像没有那么喜欢大波的时候,我就会觉得有点慌。这是我男朋友啊,可是我却从未想过未来要和他结婚,我这个女朋友做的,是不是太不合格了。

大波那么喜欢我啊,他因为我不喜欢烟味儿,就把喜欢抽烟的室友撵到室外去抽烟,生怕自己身上沾上烟味儿,惹我不开心。

— 我胸小脾气大，你喜欢我干吗

他知道我工作的时候不喜欢有人打扰，所以他从来不会在我工作时间给我发消息，哪怕是提醒我吃维c也一定掐着时间点在我不忙的时候。

他知道我不喜欢自己的男朋友和其他女生走得太近，所以他的微信里只有五个女性，一个是他妈，一个是他姑姑，一个是他表姐，一个是他上司，还有一个是我。

大波对我这么好，可是我竟然这么浑蛋。

我问大波："你高中时喜欢的那个女生，不是和你在同一个学校吗？你们都不联系的吗？"

大波见我这么直接，十分小心翼翼地回复我说："在老乡会上见过几次，平时都不联系。"

我接着问："你分享《没有人像你》的那天是刚从老乡会回来吧？"

大波没有否认，但是他接下来说的话让我差点就哭了出来。他说："我知道你在想什么，我也知道我自己在做什么。同样是失去，可能对于你来说，我走了对于你的生活不会像你和前任分手时一样，有那么大的影响，但是对于我来说，上次离开南京,每走一步,我都忍不住想回头。"

因为实在不知道该说什么了,我只能又给他发了一句,滚。

07

其实和前任刚分手的时候,我发了两个誓。其一是不再和双鱼座的男生谈恋爱,其二是绝对不和自己的同学谈恋爱。

因为前任是我的大学同学,所以分手后我总会从不同的地方听到他的消息,这种感觉,经历过的人都知道,真的十分地糟糕。一个你特别想忘记的人,却在你的生活里反复地出现,这实在是太折磨人了。

大波虽然不是双鱼座,却是我的高中同学,我发的誓早就不够我上天堂了,所以我自然不怕闺密的调侃。

说好的三个小时就是三个小时,大波到得很准时,隔着人群我一眼就认出了胸肌发达的他。

"我滚过来了,有什么奖励没?"这厮自从升级成为我的男

这辈子还很长，
你现在还不够喜欢我也没关系，
反正以后有的是时间。

朋友以后，越来越没有节操了。

"我打算从今天开始，好好喜欢你，这个算吗？"我这句话说得很认真，但是我没想到大波竟然听得也很认真。

"其实我没想到你会这么快就想开的，我来就是为了告诉你，这辈子还很长，你现在还不够喜欢我也没关系，反正以后有的是时间。"

是啊，这辈子还很长，像你这样不嫌弃我胸小脾气大的男人，我大概是遇不到了，就算还有机会遇到，我也不想再花这个时间和力气了。虽然我妈说我们生肖不搭，可是那又怎样，我为你已经破了一个誓言，既然我升不了天堂了，那我俩就努力一下，一起下地狱吧。

大波，谢谢你啊，谢谢你愿意等我。还有那什么，其实我挺喜欢你的。

追不到的梦，换个梦不就得了

文／木北

笑一个吧，功成名就从来不是目的。

世界再大，也别弄丢你自己。

01

来北京的第四年,我经历了人生中第一次重大失败。

我花了近一年的时间准备一场研究生入学考试,以惨败告终。

在这次之前,我所有的人生所有轨迹都是好的,重大的关卡我都是顺利过关的一个。我上了别人眼中还不错的高中,考上了一所还不错的大学。这是第一次,我被所谓的梦想拒之门外。

我原本以为我会对着成绩单痛哭个几分钟,哀悼一下我浪费的近一年的时间,结果没有。

因为我悲凉地发现,这年头没有可以让我握在手里,能够让我用泪水浸湿的成绩单,他们"吝啬"到只有通知书才能舍得发你一张纸让人拿到手上。而宣判我死刑的,只有电脑上几串没有一点人情味的数字。

我当时就想,现实还真是冷血,连个语音播报、连张纸都没有,我的研究生梦就这么悄无声息地没了。而我除了对着屏幕呆坐了几秒,然后淡定地关掉网页,继续该干吗干吗外,没有做出其他任何反应。当然,我也不知道我应该作何反应。

追不到的梦，换个梦不就得了

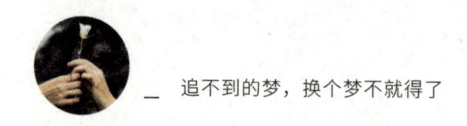

我不想对着一台机器哭，那样一点都不酷。我也不想对着那几串数字吼叫，质问为什么，为什么我的努力得不到回报，为什么别人能成功而我不能。因为我知道，没人会从屏幕里跳出来安慰我。

现实不是我妈，我哭了它就会轻声细语地哄我，告诉我有她在，别怕。

我经历人生中第一次重大失败的那天，日子和往常一样，没有任何异常。饭桌上照样有我爱喝的排骨汤，洗衣机转动的时候依旧呼啦呼啦地响，电视里仍旧播着狗血的家庭伦理剧。

天没有暗，也没塌，午后的阳光甚至比前几天更加明亮。

02

没有撕心裂肺的痛哭，没有一蹶不振的失落，我睡了一觉，第二天醒来，和我妈一起打扫房间的时候，和她说了一声，我说："我考研那边没戏了，我要开始工作了。"

意料之中，我妈没有安慰我。当然，更没责怪我。她继续拖她的地，甚至连拖把都没有放下。只是抬头看着我说了句："挺好的啊，我巴不得你早点找工作，你不是挺喜欢写东西的吗？正好趁这个机会去做点自己想做的事情。"

我们家从来都是这样，从来不会因为我的一次失败否定我整个人。我很值得庆幸的一点是，我童年没有活在"别人家的孩子"这个阴影下。我从来都不用担心别人家的孩子有多好，爸妈始终告诉我，只要是我想做的，都能做到。不论我做什么决定，他们都会无条件地支持。

所以在考研失败的第二天，我就坦然接受了这个现实。不想解释什么，因为我知道，在这个社会，如果没有成功，就没人有兴趣知道你努力的过程。

就像多的是人想知道一个人成功的秘诀，但没有几个人想了解一个失败者的惨痛经历一样。如果结果是失败的，你的一切解释都会被当作一个失败者的狡辩。

不过想想也是，我好像并不需要和多少人有所交代。这世上，我唯一需要有所交代的就是我的父母，既然他们都对这个结果没有异议，那我也没必要花更多的心思在这个坑里徘

我上了别人眼中还不错的高中，
考上了一所还不错的大学。
这是第一次，我被所谓的梦想拒之门外。

徊不前，用过去困着自己，哪也不去。

像我妈说的，我还有我喜欢的电台，还有我喜欢的文字，换条路，换条自己喜欢的路走，也挺好，甚至比之前我所计划的读完研究生，再找份稳当的工作来得更有趣。

03

隔天我去见了高中老师，没有遮掩，老师问起的时候，我坦白告知了结果。

他们打趣我说，虽然现在其他人都有了着落，保研的保研，出国的出国，只有你考研失败不知去向，但你不要有心理压力，千万别因为自卑，不好意思，就不来参加同学聚会啊。

我知道，高中三年，我和老师的关系大多是良师益友，他们了解我的性格，也知道我开得起玩笑。我怎么可能轻易被打倒，他们说这话只是想让我别气馁，激励我更努力追赶一下同龄人的步伐罢了。

所以我只是笑了笑，没做过多的反驳，端起酒杯，敬了老师

追不到的梦，换个梦不就得了

一杯酒，让他们放心，我说我不会的。

我说只要一直向上，不管我现在是什么状态，最终我都会得到自己想要的。命运可以堵上我的一条路，但阻挠不了我一颗向上的心。

我只是经历了一场考试的失败，又没有做什么伤天害理、十恶不赦的事情，何来没脸见人一说？更何况，我并不觉得没有考上研究生，我就差人一等。

其实仔细想想，我们中的大多数，包括我自己，选择考研都是为了给自己一个缓冲期。我们还没有做好融进这个社会的准备。说直白点，就是用一种大家都能接受的方式去逃避最终还是要找工作的事实。

我们是在学校混得不错，在学校算个好学生，老师领导都喜欢得不得了。但对于社会这个未知的世界，我们没有把握。那里没有老师手把手教我们怎么做，也没有那么多"好心同学"帮助我们学习进步，大多数时候都得靠自己。

但我们没有想过，考上研究生，最终也还是要找份工作。世界瞬息万变，三年后，究竟是那一纸文凭值钱，还是三年摸爬滚打的社会经验值钱，谁都说不准。

所以谁又有资格看低谁。

04

人生其实有时候挺可恶的,现实也是。不然也不会每天都有那么多的人伤春悲秋,感慨理想丰满,现实骨感。可人生也有它的可爱之处。

人生最可爱的地方就是,你永远不知道,下一秒老天会给你怎样的惊喜,你会在下个路口和怎样一群人,有着怎样的奇遇。

就像我,在考研最艰难的那段时间,遇见了程一。准备过研究生考试的人都知道,最难熬的就是最后几个月。把自己憋得太紧怕身体吃不消,把自己放得太松又觉得心里没底。

那时候我们宿舍五个人考研,大家嘴上都说没压力,也没多累。但是寝室里大把大把掉的头发和一群人越来越差的视力早就说明了一切。

我们每天早上六点多就起床,折腾一整天到夜里十一二点爬

追不到的梦,换个梦不就得了

床。明明困得眼睛都睁不开,却怎么也睡不着。

我们在最需要睡眠的时候反而失眠了。

每个人放松的方式都不同,舍友喜欢看书、喜欢听歌、喜欢看点综艺,而我喜欢听电台。也正是因为这个,我遇见了程一,准确地说是遇见了他的声音,一个能够安抚我的,让我能够安然入睡的声音。

我喜欢听人讲故事,喜欢好听的声音,更喜欢好听的声音给我讲温情的故事,而程一电台就是这样的存在。

05

后来真正有了接触,真正认识程胖是因为一张名为《如果你也听说》的 CD。

现实中我是个大大咧咧的女生,是那种会对男生动手的女汉子。但我又着实对一些文艺的东西没有抵抗力,所以在看到那个半岛铁盒装 CD 的时候,没有任何犹豫,我就蹦到后台找客服去了。

我遇见了程一，
准确的说是遇见了他的声音，一个能够安抚我的，
让我能够安然入睡的声音。

— 追不到的梦，换个梦不就得了

不管你信不信，我始终觉得，有些人，终究是要遇见的。

比如宿舍网卡，我怕没买上，拍了两张。比如我买东西从来不找卖家聊天，那天鬼使神差地去后台来了句"如果可以给我写上我的名字就好啦"。比如，作为一个程胖专属声控晚癌患者的我那天恰巧就遇上了后台视察工作的程胖。

估计谁都没有想到，就连我自己事后想想都觉得不可思议。我用两张 CD 就联系上了一个自己崇拜得不得了的大神，顺道拐到了他的联系方式。当然，事后程胖解释，之所以对我宽容，是因为他感觉到我是真爱粉。

而作为真爱加脑残粉的我，有了偶像联系方式的后果就是，我明知道我的大神就在我的朋友列表里，但我不敢和他说话。还好我这人逗逼，没事喜欢给人讲段子，我这么狗腿，遇上好笑的段子，当然第一时间分享给自己的偶像。

后来程胖可能真的怕我继续给他讲那些无聊的段子，对他纠缠到底。无可奈何之下，想找点正经事给我做。

于是在我段子攻击了他十几天后，程胖有天问我："你每天这么逗，有没有别的什么特长？"

我当时以为他也在和我讲段子，心想，偶像这是在试探我的幽默感，就接了一句："我脸特长。"现在想想，他没把我拉黑，也是万幸。

还好当时反应快，回想起来团队确实在招人，想着偶像发问了，我总得说出点什么特长来，于是乎，我说："我没事给自己喂点毒鸡汤，写点东西，你看行吗？"

程胖当时给我的回答是，可以的，你发来我看看。

然而事实证明，平时和我聊天再怎么欢脱，对于工作这件事，程胖一点都不马虎。即使被我的段子折磨得体无完肤，也没对我手下留情。所以我前两篇矫情文艺的小短诗都被无情地枪毙了。

后来自己也开始找大量的文章看，写完一篇文章自己也要反复读过几十遍，几经修改，才交了第三篇稿子——《如果你也听说，我在等你》，这也算我真正意义上写出的第一篇文章，这次我过了，我进团队了，认识了一群有爱的小伙伴。

当我第一次听到我的文字被程胖的声音念出来的时候，不夸张地说，我差点激动得哭出来，要是他当时在我面前，我绝

追不到的梦，换个梦不就得了

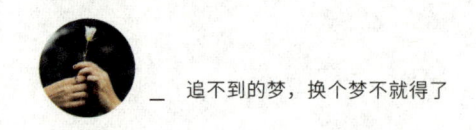

对会冲上去给他一个大大的熊抱，告诉他："对对对，我要的就是这种感觉！"

06

我从来都知道自己是喜欢文字的，除了声音，也就文字能让我心安，我闲来没事也自己矫情两句。但从来没有人告诉过我，我是可以写出一些东西的。第一个说这话的人，叫程一。

他说："你试试吧，喜欢就去做，没有什么不可以的，我相信你。"

也正是因为这句话，我开始真正尝试去写一些东西。当然，我文章的第一个读者永远是程胖。

那时候我正是备考的瓶颈期，每天花大量的时间学习，但真正进入脑子的很少，每天脑子里的弦都绷得很紧，只有写东西的那一两个小时我是彻底放松的。

复习越到后来，越力不从心，我也不敢和家里说，不想让爸妈担心。偶然和程胖提起过自己的状态，他说："你别怕，先安心考，相信你，实在不行，我收留你。"

后来考研失败，程胖真的就如他承诺的那样，"收留"了我，我开始接触更多的写文工作。也正是因为这个，让我真的有时间、有机会去思考自己到底想要的是什么。

我开始尝试一些从未接触过的领域，开始了解用户需求，开始追热点。我会在睡前因为突然跑进脑袋的一个选题立马起来打开手机记上。我会因为突然出来的一个热点，激动得不行，抱起电脑就开始敲敲敲，连泡的面都忘了吃。

我好像真的找到了自己想做的事情，我喜欢文字，喜欢写文字。也希望自己的文字能被看到，能被喜爱，能够让程胖用我最爱的声音演绎出来，让更多的人听到，有机会去治愈一些和那个时期睡不着的我一样，彷徨过的、迷茫着的人们。

当然，没有谁天生就什么都会的。在写文的路上，我就像一个小孩子，被一个大人领着，也会犯错误，也会被批评，但从没有想放弃的时候。

因为程胖说过："你犯了错，我会第一时间指出来，你要知道，在这里犯错，总比你在外面被人欺负好。错了就是错

希望自己的文字通过程一的声音演绎出来，
让更多的人听到，有机会去治愈一些和我一样，
彷徨过的，迷茫着的人们。

了，错了我会批评你，但更多的，我会保护你。"

我想我是幸运的，在我被一场考试否定的时候，有个人出现，说得夸张点，他就如同救世主一般，告诉我，我可以做什么，让我知道了自己真正想要的是什么。让我看清楚，未来的我还能怎么更漂亮地活。

07

现在回头想想，说考研失败不伤心是假的，我对于那个时期自己的付出感到惋惜，但更多的是对现在走的这条新路的向往。

想起考研那段时间，和舍友有过好几次谈心，都是两三个小时以上。说起大四这一年，都无比感叹，我们是真的，和以前不一样了。

不管我们是否愿意，都被时间推着往前走了，你不得不思考，毕业了你要去哪。没有人可以帮你规划你的人生，活成什么样子，想活成什么样子，全凭自己。

追不到的梦，换个梦不就得了

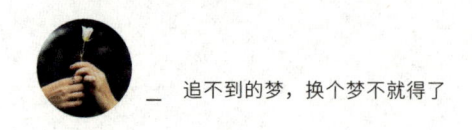

也不是没有担心过，现在工作没着落，对象也没找着，好像根本看不到未来一样。不是绝望，而是迷茫。

我们很清楚，最终我们都会找到一份工作，都会和另一个人组建一个家庭。

不同的是，在这个过程中，我们究竟得到了些什么，又放弃了些什么。

上幼儿园的时候，我们说长大以后要当科学家。上小学的时候，我们说以后要上北大，上清华。上中学的时候我们说要冲一本，去北上广。上大学的时候我们说，要年薪百万，不读到博士不罢休。

如今，我们要毕业了，我们说，给我份工作就好了，然后找个伴，生个娃。

人没有变，我们还是以前那个说要赚钱环游世界的傻娃娃，只是傻娃娃长大了，卖掉了自己最心爱的宝剑，换回了一把生火做饭必备的砍柴刀，从此拘泥于厨房，再也不能仗剑走天涯。

我们最终被现实打败，输给了维持生计好好过的世俗话。

宝剑丢了，我们再不用担心明天路上的荆棘会在我们的身上留下怎样的伤疤。远方的高峰被乌云遮蔽了，我们止步不前，在路边安了家。

从此，我们安稳了，是那种二三十岁就能看完一辈子的那种。

你说，追梦太累，现实太残酷，你不想再折腾了，那个你还没来得及走的路，你不走了。

08

我考研失败了，但我不准备二战了，我突然发现，比起我没那么感兴趣的专业，写点东西，做点别人眼中"不靠谱"的事情更有趣。

当然，在我决定要写文的时候，多的是人反对。他们问我，写文的人那么多，出名的有几个？优秀的人那么多，比你写得好的人那么多，你要什么时候才能熬出个头？回家找份工作不是稳妥多了？

我没回答。我知道的，人生最不缺的就是安稳，最怕的就是

追不到的梦，换个梦不就得了

在最应该放手拼搏的年纪选择了安逸。而我，正值年少，怎么都要折腾一把。

明天是什么样，我不知道，明天我会在哪，我也不知道。但我知道，比起现在就能看到七老八十的生活，这样充满无限可能的生活再好不过了。

我还没有被现实打败，去过别人眼中安稳的生活。我的一个梦碎了，但有另一个更好的梦在等着我去拼凑它。

所以有什么好难过，追不到的梦，换个梦不就得了。

笑一个吧，功成名就从来不是目的，世界再大又有什么关系，只要你别得过且过，弄丢自己，你的人生即使偏离了原有的轨迹，也能找到新的意义。

而我也庆幸，在这条偏离的轨迹上，我遇见了世上最好的程一，让我有勇气做最真的自己。

明天是什么样,我不知道,明天我会在哪,我也不知道。
但我知道,比起现在就能看到七老八十的生活,
这样充满无限可能的生活再好不过了。

图书在版编目（CIP）数据

我不愿让你一个人 / 程一著 .-- 武汉：长江文艺出版社，2017.7
ISBN 978-7-5354-9676-8
I.①我… II.①程… III.①随笔 - 作品集 - 中国 - 当代 IV.①I267.1
中国版本图书馆 CIP 数据核字 (2017) 第 110413 号

我不愿让你一个人

程一 著

选题产品策划生产机构	北京长江新世纪文化传媒有限公司
选题策划	金丽红　黎　波　安波舜
特约策划	张钰良　许　菲
责任编辑	张　维	助理编辑	赵晨阳	媒体运营	刘　峥
法律顾问	张艳萍	内文设计	刘玉珍	责任印制	张志杰
总　发　行	北京长江新世纪文化传媒有限公司
电话	010-58678881	传真	010-58677346
地址	北京市朝阳区曙光西里甲 6 号时间国际大厦 A 座 1905 室邮编	100028

出版 | 长江出版传媒　长江文艺出版社
地址 | 湖北省武汉市雄楚大街 268 号湖北出版文化城 B 座 9-11 楼邮编 | 430070
印刷 | 北京盛通印刷股份有限公司
开本 | 880 毫米 ×1230 毫米　1/32　　　印张 | 8
版次 | 2017 年 7 月第 1 版　　　　　　　印次 | 2017 年 7 月第 1 次印刷
字数 | 115 千字
定价 | 45.00 元

盗版必究（举报电话：010-58678881）
（图书如出现印装质量问题，请与产品策划生产机构联系调换）